Explosive Dragon King Bahamut

폭룡왕 바하무트

GAME FANTASY STORY

몽연 게임 판타지 소설

폭룡왕 바하무트 2

몽연 게임 판타지 소설

초판 1쇄 찍은 날 § 2014년 6월 24일
초판 1쇄 펴낸 날 § 2014년 6월 30일

지은이 § 몽연
펴낸이 § 서경석

편집부장 § 권태완
편집책임 § 정수경

펴낸곳 § 도서출판 청어람
등록번호 § 제387-1999-000006호
등록일자 § 1999. 5. 31
어람번호 § 제1-1881호

주소 § 경기도 부천시 원미구 부일로 483번길 40 서경B/D 3F (우) 420-822
전화 § 032-656-4452 팩스 § 032-656-4453
http://www.chungeoram.com
E-mail § chungeorambook@daum.net

ⓒ 몽연, 2014

ISBN 979-11-316-9090-1 04810
ISBN 979-11-316-9088-8 (세트)

Explosive Dragon King Bahamut

폭룡왕 바하무트

GAME FANTASY STORY

몽연 게임 판타지 소설

2

Explosive
Dragon King
Bahamut

폭룡왕
바하무트

CONTENTS

7장
뱀들의 왕

폭화 언령술 : 삼 조합 스킬.
터질 폭(爆), 연꽃 련(蓮), 불 화(火).
폭련화(爆蓮火) : 터지는 연꽃의 불꽃.

퍼퍼퍼펑!

크어어엉!

수십 개의 꽃잎이 맺혀 있는 거대한 연꽃이 맨티코어 킹을 집어삼키며 폭발했다. 하나하나의 꽃잎이 터질 때마다 고통에 겨운 짐승의 울부짖음이 숲 전체로 퍼져 나갔다. 너무나도 큰 충격에 집채만 한 맨티코어 킹이 중심을 못 잡고 휘청거렸다. 성인의 몸통보다도 두터운 네 개의 다리가 부들부들 떨렸다.

240레벨의 좌절등급 몬스터이자 포효하는 숲의 지배자치고는 처량하기 그지없는 모습이다.

쿠웅!

목숨이 끊어지지는 않았지만 버티기 힘든 충격을 연달아 받아서 상태 이상 기절에 걸렸다. 유저들이 봤다면 자신의 눈을 의심했을 것이다. 상위 등급의 보스몬스터는 무지막지한 내성 탓에 어지간해서는 상태 이상에 걸리지 않는다.

그런데 악몽이 아닌, 좌절이라면 두말할 것도 없었다.

소닉 붐(sonic boom) : 중반 사식.
회풍포(回風砲) : 회오리 대포.

꾸어어엉!

슈타이너의 창이 드릴처럼 회전하며 맨티코어 킹의 옆구리를 뚫어버렸다. 기절 상태에 들어서 육체가 무방비 상태였기에 가공할 데미지가 고스란히 들어갔다.

창의 회전력에 살이 사방으로 찢어지며 내장까지 휘말렸다. 건재할 때도 회풍포를 맞았다면 버티기 힘들었을 텐데 바하무트의 폭련화에 적중당한 이후에 맞았으니 제아무리 맨티코어 킹이라도 더 이상은 무리였다.

포효하는 숲의 지배자 맨티코어 킹이 사망했습니다.

+1레벨이 증가하였습니다.

"와! 레벨업 속도 진짜 장난 아니네!"

"그래?"

라이세크를 만난 지도 벌써 삼 주가 지났고 그의 제안을 받아들인 지는 일주일이 지났다. 도저히 거부하기 힘든 매력적인 보상 때문에 바하무트는 어쩔 수 없이 승낙했다.

그리고 남은 한 달 동안 조금이라도 강해지기 위해 쉬지 않고 사냥을 하고 있었다. 반복적으로 몬스터를 잡는 식의 플레이는 비효율적이라서 퀘스트 위주로 진행 중이었다.

"이걸로 세 개째인가?"

"이제 되겠죠?"

"아마도?"

바하무트는 벌써 S급 퀘스트를 세 개나 완료했다. 레벨도 +5나 올렸고 유니크 아이템도 많이 먹었지만, 아직 슈타이너의 작위는 얻지 못했다.

평소라면 S급 퀘스트를 완료했을 때 남작 작위 정도는 얻었어야 정상인데, 요즘은 도통 작위 관련 퀘스트가 나오지 않왔다. 처음에는 S+급 이상의 퀘스트를 얻어내려고 왕궁에 들어갔다.

그런데 실력을 증명하지 않으면 임무를 맡기기 어렵다며 거절당했다. 실력을 증명하려면 세 개의 S급 퀘스트를 완료해야 했기에 귀찮음을 무릅쓰고 반복 수행하고 있었다.

마침 이번 맨티코어 퀘스트가 딱 세 번째였다. 이제는 S+퀘스트를 받아 슈타이너의 작위를 얻는 게 가능하다. 아마도 다모스 왕국을 점령하러 가기 이전에 수행하는 마지막 퀘스트가 될 것이다.

우웅!

바하무트와 슈타이너는 텔레포트 스크롤을 사용해서 루펠린 왕국의 왕성으로 이동했다. 유니크 아이템 한 개를 주는 공적 보상을 받고 이제 진짜로 수행해야 할 퀘스트를 받기 위함이다.

"진짜 지겹다."

"맞아."

슈타이너는 282레벨을 달성했다. 연이어진 퀘스트 수행은 그의 레벨을 삼 주 동안 +15나 증가시켰다.

모르긴 몰라도 작위 퀘스트와 다모스 왕국 점령전까지 완료하면 299도 불가능은 아니었다. 다른 유저들은 2차 전직도 어려워서 쩔쩔맸지만, 슈타이너는 3차 전직을 남들보다 수월하게 할 것이다.

아달델칸 같은 강력한 몬스터를 잡으라고 해도 바하무트가 옆에서 도와준다면 문제도 아니었다.

"공적 보상을 받으러 왔습니다."

"잠시만 기다려 주시오."

바하무트는 왕궁 의뢰소를 관리하는 자에게 맨티코어 킹을 잡았다는 증거로 꼬리를 내줬다. 그러자 확인을 끝마친 왕궁 의뢰지기가 보상 아이템을 지급했다.

> 공적 보상으로 인비저블 보우를 획득하셨습니다.

"어디 볼까?"

> **[인비저블 보우 : 유니크.]**
>
> **설명** : 과거 맨티코어 킹을 잡으려고 포효하는 숲으로 찾아간 뛰어난 궁수가 지녔던 투명 활로서 화살이 필요 없다.
>
> **제한** : 1차 전직 이상, **종류** : 활, **내구도** : 500/500, **공격력** : 800~1250.
>
> 근력 +50, 체력 +50, 민첩 +150, 지능 +50. 무속성 강화 + 50, 무속성 저항 + 50.
>
> **특수 옵션.**

> 1. 공격 시 5% 확률로 자신을 십 초 동안 투명 상태로 만든
> 다.
> 2. 하루에 세 번 인비저블을 사용하여 투명 상태가 된다. (3/3)

"괜찮네."

"형, 퀘스트 받죠."

"응."

슈타이너에게는 적당한 값을 치르고 인비저블 보우를 컬렉션에 추가한 바하무트가 재차 왕국 의뢰지기에게 말을 걸었다.

"S+급 이상의 퀘스트 목록을 보고 싶습니다."

"그 정도 난이도의 퀘스트는 단 하나밖에 없습니다. 보시겠습니까?"

왕궁 의뢰지기는 퀘스트 수행에 필요한 자격을 증명했기에 남아 있는 목록을 보여줬다.

> **[뱀들의 왕 : 등급(SS)]**
>
> **내용** : 루펠린 왕국 북쪽, 뱀들의 계곡 어딘가에는 머리가 아홉 개 달린 성보다도 거대한 뱀들의 왕이 살고 있다고 한다.

많은 여행가가 왕의 실체를 확인하려고 그곳으로 접근했으나 가까이 가기도 전에 한 줌의 독수로 녹아내렸다는 소문이 나돈다. 임무를 받은 그대는 사실 여부를 파악하고 그 말이 사실이라면 루펠린 왕국의 안전을 위해 왕의 심장을 취하라!

제한 : 1, 2, 3차 전직.
성공 : 히드라의 심장(0/1) 획득.
실패 : 전멸, 퀘스트의 포기.
보상 : +5레벨 증가. 전원에게 매직 아이템+5,000골드 지급.

공적 보상 : 국왕이 직접 하사.
1위. 히어로 아이템 한 종류 + 루펠린 왕국의 백작 작위와 영지.
2위. 유니크 아이템 두 종류 + 루펠린 왕국의 자작 작위와 영지.
3위. 유니크 아이템 한 종류 + 루펠린 왕국의 남작 작위와 영지.

페널티.
1. 레벨 −3 하락.
2. 한 달간 왕궁 의뢰소 출입 불가능.

"허! SS라고?"

아달델칸 퀘스트가 S+등급이었다. 그런데 뱀들의 왕은 그 것보다도 단계가 높았다. 다모스 왕국 점령전과 똑같은 등급으로서 난이도도 비슷할 것으로 추측됐다.

"흠! 히드라?"

내용을 살펴보던 바하무트는 고개를 갸웃거렸다. 삼 년간 게임을 하면서 이런 종류의 몬스터는 본적도 들은 적도 없었다.

내심 잠재돼 있던 호기심이 물밀듯이 밀려왔다. 라이세크도 이 퀘스트를 수행했었을 거라는 느낌이 들었다. 공적 1, 2, 3위 모두에게 백작, 자작, 남작의 작위를 내려주는 알짜배기 퀘스트다. 그가 수행하지 않았을 리가 없었다. 분명 도전했을 것이고 아직도 남아 있는 것을 보면 실패했다는 증거였다.

"강하겠죠?"

"잠깐만."

바하무트는 슈타이너의 말을 끊고 친구 찾기를 띄웠다. 라이세크와는 꽤 오래전에 친구 등록을 했다. 어느 정도 안면도 있었고 해봐서 손해 볼 만한 인물은 아니어서였다.

"있군. 하긴, 팔대길드의 수장이 로그아웃 상태일 리가 없지."

마침 라이세크가 접속 중이었다. 모르고 가는 것보다는 알고 가는 게 편하니 정보 좀 얻어야겠다.

[라이세크.]

[무슨 일이지?]

답장은 보낸 지 얼마 안 돼서 바로 왔다.

[뱀들의 왕이라는 퀘스트 알지?]

라이세크는 잠시 뜸을 들이다가 말했다.

[…받았나?]

[응.]

[흠! 너랑 슈타이너 둘이 가는 거겠지?]

라이세크의 말투가 사뭇 진지해졌다. 그것만 봐도 난이도가 상당할 거라는 결론이 내려졌다.

[당연하다.]

[결론부터 말하지. 나를 포함한 길드원 십만 명을 데려갔지만 실패했다.]

당시 라이세크는 S급 퀘스트 몇 개를 해결하고 영지를 얻어 세력 넓히기에 혈안이 되어 있었다. 겨우 2차 전직 퀘스트를 통과하고 랭킹 10위가 된 지 한 달이 지났을 무렵이다.

고난이도의 퀘스트를 해결하고 실력을 증명한 라이세크는 SS급인 뱀들의 왕을 수락하여 뱀들의 계곡으로 10만 대군을 이끌고 찾아갔다.

사냥터는 무척이나 한적했다. 사람 자체가 손에 꼽을 정도로 적었다. 이쯤 되면 빠른 레벨업과 짭짤한 이익을 거둘 최적의 효율을 자랑할 그런 곳이었다.

그런데 사람이 왜 이렇게 적을까? 이유는 얼마 지나지 않아서 밝혀졌다. 뱀들의 계곡은 말 그대로 뱀 계열의 몬스터가 출몰한다.

정말 끔찍하리만큼 징그러웠다. 여성 유저들은 아이템을 잘 줘도 가까이 가지 않을 그런 사냥터였다. 남자들이라고 징그러움에 내성이 좋은 것은 아니다.

라이세크와 처음에는 진저리를 쳤다. 뱀들은 징그럽다는 것을 제외하면 아이템도 잘 주는 편이고 몬스터 자체도 그다지 강력하지 않았다.

사냥터의 적정 레벨은 100~199다. 이 구간의 많은 인기 사냥터가 사람들로 붐빈다고 볼 때, 뱀들의 계곡은 너무 한적해서 탈이었다.

원정대가 일주일에 걸쳐 뱀들의 계곡을 탐색한 결과, 계곡의 가장 깊숙한 곳에서 말로는 차마 설명하기 어려울 만큼 거대한 늪지대를 발견했다.

굳이 크기를 따지자면 라이세크 본인이 보유한 백작령보다도 넓었다. 일주일간 뱀들의 계곡을 샅샅이 훑었으나 뱀들의 왕을 발견하지 못했다. 그렇다면 분명히 이 늪지대와 뱀들의 왕이 관련되어 있을 것으로 생각하고 늪지대 전체를 뒤지기 시작했다.

그리고 그는 보았다.

늪지대의 정중앙에서 모습을 드러낸 무시무시한 존재.

320레벨의 절망등급 몬스터 나인 헤드 포이즌 히드라를.

[320레벨에 절망이라고?]

[그래, 그놈한테는 숫자는 무의미하다. 십만이든 백만이든 2차 전직을 한 유저가 아니면 오 분도 버티지 못하고 죽는다.]

거짓말이 아니라 실제로도 그랬다. 라이세크가 데려간 10만 대군이 5분 만에 모두 녹아내렸다.

5분 뒤에 히드라와 눈을 맞추고 있는 유저는 라이세크 본인 혼자뿐이었다. 공격 같은 건 없었다. 그저 모습을 나타내고부터 놈으로부터 뿜어져 나온 가공할 독기에 원정대의 생명력이 빠르게 바닥을 향했다. 포션을 먹어 체력을 회복하는 속도를 앞질러서 모두 독에 중독되어 죽었다.

[해독 포션 안 먹었어?]

[너, 내가 바보라고 생각하나? 당연히 소용없다.]

해독 포션을 연달아 복용해도 히드라의 독기에 저항하지 못했다. 몇 초 정도 잠시 막아줬을까? 그 시간이 지나면 다시 줄어들었다. 그냥 먹나 안 먹나 그게 그거였다.

[넌 어떻게 죽었는데?]

라이세크는 차마 부끄러운지 쉽사리 입을 열지 않다가 어쩔 수 없다는 듯 말했다.

[…놈의 아홉 머리 중 가장 작은 하나가 직접 움직여서 싸우다가 죽었다.]

[머리 한 개에 죽었다고?]

[……]

황당해하는 바하무트의 음성에 라이세크가 창피한지 말문을 닫았다.

'머리 하나에, 그것도 가장 작은 놈한테 죽었어?'

비웃는 게 아니다. 라이세크를 최약체, 최약체 하면서 놀려도 대륙십강임에는 변함이 없다. 200레벨이 넘는 명색이 2차 전직 유저가 머리 한 개에 죽다니.

그것도 가장 작은 머리한테 죽었단다.

[독 기운을 방어하느냐고 오러를 많이 소모해서 버티기가 어려웠다. 게다가 얼마나 큰지 알아? 너도 보면 할 말을 잃을걸?]

라이세크는 이대로 가다간 웃음거리로 전락하리라 생각했는지 재빨리 해명했다. 강함도 강함이지만 정말 압도적으로 컸다. 수십 층짜리 빌딩이 움직이는 착각이 들 정도로 거대했다.

가장 작은 머리도 20미터는 족히 넘었다. 어지간한 공격은 놈의 가죽에 홈집조차 못 냈고 재생력은 또 어찌나 빠른지 상처를 입는 즉시 회복하여 라이세크를 질리게 했다.

[재미있겠네.]

바하무트는 3차 전직 이후에 한 번도 전력을 다해본 적이 없었다.

심지어는 인간형 상태에서도 반절의 힘만으로 200레벨 대의 좌절 몬스터를 일방적으로 학살했다.

그런데 이번 퀘스트라면 전력을 다할 수 있을 것 같았다. 스스로 얼마나 강해졌는지 한계를 시험해 보고 싶었다.

어차피 다모스 왕국 점령전에서 적국의 울티메이트 마스터를 상대로 싸워야 한다. 자기 자신도 잘 모르면서 누구와 싸워 이기겠는가?

이건 좋은 기회였다.

[언제 출발할 거냐?]

[정비만 끝나면 바로.]

[나, 나도 가고 싶다.]

라이세크는 말을 더듬으며 조심스레 의사를 밝혔다.

[내가 가면 너희에게도 큰 도움이 된다. 너희가 길 찾으려면 한 달도 넘게 걸릴걸? 나도 십만 길드원을 총동원해서 일주일 후에나 겨우 찾았다. 또한, 히드라의 패턴과 내가 알고 있는 모든 것을 가르쳐 주지.]

바하무트는 왠지 모를 이상한 기분이 들어서 스리슬쩍 찔러봤다.

[너 공적 때문에 그렇지?]

[…부정하진 않겠다.]

이번 뱀들의 왕에 걸린 보상은 공적 순위 3위까지 국왕이 직접 영지와 작위를 하사한다. 이미 작위가 있는 유저라면 받을 작위가 높은 경우 승작이 되고 영지도 같이 하사된다. 받을 작위가 낮을 경우, 원래 보유하고 있는 작위는 유지되고 영지만 하사된다. 영지가 많아지면 많아질수록 승작에 유리하다.

라이세크는 조금만 더 노력하면 후작의 작위를 받을 정도로 세력이 넓어진 상태였다. 이런 종류의 퀘스트는 한 국가에 몇 개 없었다. 그러니 기회가 있을 때 해결해야 나중에 가서 후회하지 않는다.

'바하무트와 가면 성공할 수 있다.'

그가 겪어본 바로 히드라에게는 대규모의 병력보다는 오히려 수준 높은 소수 강자가 효율적이다. 바하무트는 포가튼 사가에 하나밖에 없는 300레벨의 3차 전직 유저다. 그를 따라가면 영지를 공짜로 얻을 수 있었다.

[좋아. 대신 넌 공적 3위다.]

[충분하다. 나도 준비를 하겠다.]

＊　　　＊　　　＊

루펠린의 수도 펠젤루스에서 라이세크를 만난 바하무트 일행은 곧장 뱀들의 계곡을 향해 출발했다. 워프 포탈의 도움으로 뱀들의 계곡과 가장 가까운 영지까지 이동해서 하늘을 날아갔다.

"용족이 정말 좋긴 좋군."

라이세크는 바하무트와 슈타이너에게 매달려 있었다. 상공 100미터 위에서 보는 지상은 색달랐다.

비행이 가능한 용족과 페어리족은 익숙해서 아무런 감흥도 없을 테지만 생전 처음으로 하늘을 날아다니는 라이세크로선 신기하기 그지없었다.

"저기다."

그들의 시선으로 한눈에 다 들어오지도 않을 울창한 숲이 모습을 드러냈다. 하늘을 찌를 듯이 높게 솟은 나무들과 이파리들이 숲 전체를 가리고 있었기에 내부로의 식별이 어려웠다.

겉으로는 도저히 징그러운 뱀들이 사는 숲이라 볼 수 없는 아름다운 자연경관이다.

그러나 라이세크는 이미 숲을 한 번 겪어봐서 겉모습에 속지 않았다. 초입 부근에만 들어가도 흉측한 모습을 지닌 뱀들이 사방팔방에서 괴기한 형태로 나타났다. 나무 위에서 똬리를 틀고 있다가 기습하는 건 애교에 속했다. 위장술이 뛰어나서 뱀인지 숲인지 구분 자체를 못하는 경우도 허다했다.

강력한 몬스터는 아니어도 유저들이 먼저 발견하는 경우는 거의 없었다. 기척을 느끼기가 어려워 선공을 당하기 전까진 위치를 파악하지 못한다.

"아, 나 뱀 진짜 싫은데."

바하무트 일행 중에서 뱀을 좋아하는 유저는 없었다. 그건 포가튼 사가를 즐기는 모든 유저가 똑같을 것이다. 소름 돋는 눈동자와 미끌미끌한 몸체, 뱀 특유의 비린내는 평범한 유저라면 기겁할 만하다.

처음 슈타이너는 라이세크에게 끝까지 날아갈 수 없는지 물었지만 그건 불가능했다. 뱀들의 왕인 히드라는 지하 깊숙한 늪지대에 산다. 날아서는 갈 수 없는 경로였다.

"기척을 숨기는 데는 천부적이군."

바하무트는 주변에서 느껴지는 뱀들의 움직임에 감탄했다. 마치 암살자 계열의 유저들을 보는 것 같았다.

용투기를 전개하여 사방을 감지하고서야 기척이 느껴졌다. 아무래도 레벨 대 몬스터와 비교하면 전투 능력이 약하다 보니 은신에 특화되어 있는 것 같았다.

쉬이이익!

"으아아악!"

슈타이너가 뒤에서 느껴지는 기척에 깜짝 놀라며 물러났다. 게임 속이라도 유저는 현실상의 사람이다. 뱀 몬스터가 진실한 실체는 아니지만, 사람이 뭔가를 싫어하는 건 육체가 관여하는 게 아닌 정신이 관여하는 것이다. 고로 현실에서도 싫은 건 가상에서도 싫은 게 된다.

"자이언트 스네이크?"

"처음에는 적응이 좀 안 돼도 하루만 지나면 괜찮다."

바하무트도 적응이 꺼림칙한지 신음을 내뱉었다. 작은 뱀이 아니었다. 나무 위에 똬리 튼 꼬리까지 합하면 못해도 15미터는 되어 보였다.

TV에서 보던 대형 뱀들은 상대조차 되지 않는다.

폭화 언령술 : 이 조합 스킬.
불 화(火), 주먹 권(拳).
화권(火拳) : 불 주먹.

콰콰콰쾅!
키에에엑!

화권이 적중하자 자이언트 스네이크의 몸통이 폭발했다. 고작해야 150레벨의 몬스터가 3차 전직을 끝낸 바하무트의 공격을 버틸 리가 없었다.

그게 신호였을까?

주변 곳곳에 은신해 있던 수십 마리의 뱀이 바하무트 일행을 둘러쌌다. 서로 몸을 비비 꼬며 다가오는 모습은 정말 징그럽고 끔찍했다. 심력이 약한 사람은 그 자리에서 기절해도 이상하지 않을 정도였다.

콰콰콰콰!

"으악! 오지 마! 오지 마! 씨발!"

소닉붐(sonic boom) : 전반 이식.

분영(分影) : 그림자 나누기.

　슈타이너의 창이 수백 개로 분열되며 사방에서 다가오는 뱀들을 향해 쏘아져 나갔다. 아예 가까이 다가오게 하지도 못할 각오로 휘둘렀다.

　퍼퍼퍼퍽!

　뱀의 몸뚱이에 수백 개의 구멍이 뚫렸다. 스킬의 반경이 수십 미터 가까이 되기에 분영의 사정거리 안에 존재하는 모든 뱀이 경험치로 화했다.

　"부러운 스킬이군."

　"이게? 우리 형 스킬 따라 만들다가 얼떨결에 만든 짝퉁인데?"

　"소닉붐이 얼마나 대단한 스킬인지 느끼고 하는 소리냐?"

　"형 옆에 이 년 이상 붙어 있어 봐. 그런 소리가 나오나."

　오래전 바하무트가 폭화 언령술을 만든 지 얼마 되지 않을 때 일이다.

　그의 사기적인 스킬에 부러움을 느낀 슈타이너는 자신의 전 재산을 털어서 스킬 조합을 해버렸다.

　바하무트는 자신도 자포자기 심정으로 만든 거라 잘못하면 망할지도 모른다며 말렸지만, 슈타이너는 당시 눈에 뵈는 게 없었다. 바하무트는 슈타이너의 파산을 막으려고 최대한 기억력이 허락하는 한도 내에서 스킬 조합을 생각해 냈다. 그가 이벤트로 얻은 언령 조합술은 없었다.

그래도 슈타이너의 스킬 소닉붐을 만들어내는 데 레어 스킬북이 백오십여 개, 유니크 스킬 북 하나가 들어갔다. 한 번에 성공한 건 아니고 몇 번의 실패 끝에 만들어냈다. 총 열 개의 초식으로 나뉜 소닉붐은 그렇게 탄생했다. 소닉붐은 폭화언령술처럼 응용하는 스킬이 아니다.

시스템이 가장 최적이라 생각하는 장점만을 조합하여 산출한 스킬이다.

등급은 무려 히어로.

소닉붐은 명칭에서도 알 수 있다시피 열 개의 스킬 전부가 제각각으로 다르지만, 공통점은 순간 속도가 음속을 돌파한다는 것이다.

대륙십강의 유저 중에서 슈타이너와 일대일의 대결로 확실한 승리를 장담할 유저는 바하무트와 이사벨라뿐이다. 그러나 슈타이너가 이사벨라와 레벨이 같다는 전제를 붙이면 그조차도 장담할 수 없었다.

그러니 라이세크의 눈에는 소닉붐도 대단해 보일 수밖에 없었다. 패시브 스킬은 열심히 노력하면 숙련치를 공평하게 올릴 수 있다.

유저 간 격차가 벌어지는 데에는 레벨과 장비, 그리고 스킬이 큰 비율을 차지한다. 특히 조합으로 탄생한 유니크 이상의 스킬은 돈 주고도 못 구한다.

포가튼 사가는 떨어지는 스킬 자체만 익혀서는 절대로 유명한 고수가 되지 못한다. 남들도 따라 하기에 선점은 해도 독점은 못하기 때문이다.

스킬북을 조합하기 위해 전 재산을 날리는 유저가 수두룩하다. 몬스터가 떨어뜨리는 스킬북과 조합에 성공한 스킬북은 설사 같은 등급이라고 해도 차이가 월등했다.

조합 스킬은 장점만을 취해서 만들어지기에 그렇다.

"쓸데없는 소리 그만하고, 얼마나 가야 하지?"

"하루면 간다."

처음 라이세크가 이곳에 왔을 때는 히드라의 레어를 찾기 위해 10만의 유저가 일주일간 숲 전체를 뒤졌었다. 그리고 마지막에 퀘스트에 실패하고 사망과 실패 페널티를 동시에 받아, 한동안 길드원을 달래느라고 진이 빠질 지경이었다.

그런데 현재 바하무트 일행은 라이세크의 안내로 히드라의 레어까지 일직선으로 직행하고 있었다. 실로 운이 좋은 것이다. 그가 없었다면 다모스 왕국 점령전의 시작 전까지 결코 찾지 못했으리라.

"귀찮군. 통하는지 봐야겠어."

"무엇을?"

콰드드드!

바하무트가 용투기를 전개해 올렸다. 그의 몸을 타고 흘러나간 가공할 기운이 반경 수백 미터를 휩쓸고 지나갔다.

'크으! 엄청나군.'

라이세크는 용투기를 정면에서 받았기에 온몸이 찌릿찌릿했다. 공격한 것도 아니고 그저 기운을 끌어 올린 것에 육체가 압력을 받고 있었다. 새삼 3차 전직의 위력을 몸으로 느끼는 순간이었다.

우웅!

바하무트는 용투기를 90%까지 전개했다. 전력으로 개방하면 예전처럼 페널티를 받기에 적정선에서 멈춘 것이다.

"물러갔군. 확실히 통했어."

"내가 오러를 전개했을 때는 꿈쩍도 안 했는데."

"종족과 관련되어 있을걸?"

용투기를 느낀 뱀들이 빠르게 흩어졌다. 자신들로서는 도저히 감당하지 못할 바하무트의 능력에 겁을 먹고 도망친 것이다. 용족은 뱀과 관련된 종족이 아니다. 용과 뱀은 엄연히 달랐다. 그렇지만 뱀들이 느끼기에 용의 기운은 자신들 위에 군림하는 상위 종족의 기운이다.

라이세크가 오러를 끌어 올렸을 때는 강력하긴 했어도 도망칠 정도는 아니었다. 그의 레벨도 레벨이고 종족이 인간이기에 얕보는 감이 없지 않아 있었기 때문이다.

"이젠 빠르고 간편하게 갈 수 있겠지?"

"방해 없이 걷기만 하면 되니까 반나절도 안 걸린다."

"아! 살겠다. 여기 진짜 유저들이 왜 안 오는지 알겠어."

슈타이너는 끔찍한 뱀들을 보지 않아도 된다는 안도감에 한숨을 내쉬었다. 바하무트도 티는 크게 안 냈지만, 그리 기분이 좋지는 않았었다.

"히드라는 한 마리냐?"

"솔직히 잘 모르겠다."

"이유는?"

라이세크가 발견한 히드라는 분명 한 마리였다. 그러나 늪지대는 하나가 아니라 세 개였다. 마지막에 발견한 곳에서만 그 괴물 놈이 튀어나와서 그렇지, 한 마린지 아닌지는 모른다.

"늪지대가 다 따로 떨어져 있어?"

"거리가 상당히 멀어서 히드라가 두 마리 이상이라도 한꺼번에 상대할 필요는 없다."

"그럼 마지막에 발견한 곳에서 두 마리가 나오면?"

"장담 못하겠지만 그렇게 된다면 퀘스트 실패다. 튀는 수밖에."

320레벨의 히드라 두 마리를 바하무트 혼자서 상대하는 건 자살 행위다. 그건 슈타이너와 라이세크가 도와줘도 마찬가지였다. 사실 한 마리도 장담하지 못한다.

라이세크가 봤던 히드라는 오크로드쯤은 한입에 씹어 먹을 괴물이었다. 고작 머리 하나에 죽은 네가 뭘 알겠느냐고 말할지도 모른다.

하지만 머리 하나도, 그것도 가장 작은 머리 하나가 그렇게 강했는데 아홉 개의 머리가 전부 움직인다는 상상을 하니 전율이 일었다.

가장 큰 머리의 길이가 15층 아파트만큼 길었다. 굵기는 또 어찌나 굵은지 지름만 5미터가 넘을 것이다.

"근데 대체 얼마나 큰 거지?"

"흠! 어떻게 표현하면 잘했다고 하려나?"

라이세크는 마땅히 표현할 방법이 없자 잠시 생각에 들어갔다.

"브라키오 사우르스라고 아나?"

"그거 공룡이잖아. 목 긴 초식공룡 맞지?"

"그놈의 한 열 배?"

"뭐?"

슈타이너가 기겁하자 옆에서 듣던 바하무트도 깜짝 놀랐다. 정말 라이세크의 표현대로 그만큼 거대하다면 못해도 100미터가 넘는다는 소리인데 선뜻 믿기지가 않았다.

지금껏 포가튼 사가를 여행하면서 나름 한 덩치 하는 몬스터를 자주 봤지만 그렇게까지 큰 몬스터는 본 적이 없었다.

"그럼 바질리스크와 비교하면?"

오대 금지구역의 한 곳인 샌드헬에서 출몰하는 250레벨의 좌절 몬스터인 바질리스크는 높이만 10미터에 머리부터 꼬리까지의 길이가 30미터를 넘는 초거대 도마뱀이다. 엄청난 방어력과 석화 브레스로 수많은 유저를 예술 작품으로 만든 악명 높은 몬스터였다.

"높이는 열 배쯤 될 거고 가장 길고 굵은 중앙 머리부터 꼬리까지는 이백 미터?"

"직접 보기 전까진 상상을 못하겠군."

크다는 범위를 넘어섰기에 직접 보기 전까진 판단이 서지 않았다. 확실히 덩치로만 따지면 지금까지 봐왔던 몬스터 중에서 단연 갑이다.

"다 왔다."

"어디?"

라이세크는 사방이 막혀 있는 곳으로 그들을 데려오고는 다 왔다고 말했다. 슈타이너가 꽉 막혀 있는 주변을 쳐다보며 고개를 갸웃거리자 곧 라이세크가 그 의문을 풀어줬다.

그그그긍!

라이세크가 온갖 넝쿨로 가려져 있는 지름 3미터쯤 돼 보이는 바위를 오러를 이용하여 옆으로 밀었다. 그러자 바위가 밀리면서 가려져 있던 지하 동굴이 모습을 드러냈다.

"너 이거 다른 유저들이 발견 못하게 막아놓은 거지?"

"당연한 거 아닌가? 내가 개고생 해서 찾았는데 왜 남한테 이걸 알려줘야 하지?

원래는 동굴의 입구가 개방되어 있었다. 그러나 나중에 레벨을 높여서 다시 도전할 생각이었기에 남들이 발견하지 못하도록 입구를 숨겨 놨다. 히드라에게 몰살당한 것도 억울한데 다른 유저들이 잡게 둘 수는 없었다. 적어도 일 년은 이곳에 오지 않으리라 생각했는데 바하무트와 오게 되니 기분이 묘했다.

"비린내 장난 아니다."

"좀 심하긴 하군."

뱀 특유의 비린내가 지하 동굴의 바람을 타고 올라왔다. 이제 이 동굴을 내려가면 320레벨의 절망 몬스터를 마주하게 될 것이다.

"가자."

"네."

슈타이너는 뭐가 그리 기분이 좋은지 흥얼흥얼 콧노래를 부르면서 따라 들어갔다.

＊　　　＊　　　＊

뚝뚝뚝뚝!

지하 동굴이라서 그런지 습한 환경 탓에 동굴 천장에서 물방울이 떨어져 내렸다. 조용할 수밖에 없는 동굴의 구조상 떨어지는 물방울이 바닥에 튈 때마다 큰 소리로 울려 퍼졌다.

동굴을 타고 내려간 지 벌써 두 시간이 지났지만, 도무지 끝날 기미가 보이지 않았다. 지루함을 참다못한 슈타이너가 라이세크한테 얼마나 더 가야 하는지 묻자 온 만큼은 더 가야 늪지대에 도착할 수 있다고 말했다.

이곳에는 몬스터가 한 마리도 없었다. 돌을 밀고 지하 동굴로 들어왔을 때부터 지금까지 없었고, 늪지대에 도착하기 전까지도 없을 거라고 했다.

한동안 침묵이 지속했다. 라이세크도 바하무트도 평소 그리 말이 많은 스타일이 아닌지라 참을 만했지만 활달한 성격의 슈타이너로선 이 상황이 낯설었다.

"야, 그놈 패턴 좀 말해봐."

"히드라?"

"응. 싸워야 할 텐데 아는 것까진 다 말해봐. 모르고 붙는 것보단 낫잖아."

바하무트도 일리가 있다는 표정으로 고개를 끄덕였다.

"단편적인 거라 도움이 될지는 모르지만, 아직 한 시간은 더 가야 하니까. 좋아."

라이세크는 자신이 겪은 경험을 설명했다. 전투는 지하 동굴을 통과하고 늪지대 쪽으로 들어가고부터 시작된다.

동굴과 늪지대는 거리로 따지면 기껏해야 몇 미터 차이지만 늪지대에 발을 들여놓는 순간, 독기가 몸으로 침투해 중독에 걸린다.

그나마 미약해서 해독 포션을 복용하거나 1차 전직 유저들도 오러를 이용하여 버틸 수 있다. 그리고 늪지대 가까이 가면 갈수록 독기가 강해진다.

해독 포션의 지속 시간이 줄어들고 오러를 지속시키기 위해 소모되는 마력이 두 배로 늘어난다. 늪지대 쪽에 가만히 있기만 해도 생명력과 마력이 소모되니 아무리 인원이 많아도 소용없었다.

히드라는 그냥은 모습을 보이지 않는다. 늪지대 주변을 쉬지 않고 돌아다녀도 마찬가지다. 모습을 드러내게 하려면 늪지대에 큰 충격을 줘야 했다.

당시 라이세크는 혹시나 하는 심정에 자신의 스킬 중 하나인 스톰 버스터를 늪지대에 퍼부었고 그 충격으로 히드라가 튀어나왔다.

"문제는 그때부터지."

히드라가 출몰하면 놈의 거대한 몸에서 분출되는 초록색의 독기로 해독 포션의 지속 시간이 모두 취소된다.

2차 전직을 못한 유저들은 오러로 몸을 보호해도 버티지 못한다. 할 수 있는 일이라곤 생명력 포션을 연달아 마시는 것뿐인데 그것도 밑 빠진 독에 물 붓기와 같았다.

"그럼 1차 전직 유저들은 가까이 가기만 해도 뒤지겠네?"

슈타이너가 이해했다는 듯 말했다.

"맞다."

"백만이든 천만이든?"

"그 독기를 쓰는 데 특별한 힘이 드는 게 아니라 히드라가

풍기는 특유의 냄새 같은 거라면 일억 명이 있어도 다 죽는
다."

독기에 제한이 없다면 1차 전직 유저들은 그냥 서 있는 병
풍이다. 5분도 채 버티지 못하고 녹아내렸으니까.

대동하고 온 10만 대군이 전부 죽고 라이세크 혼자 살아남
았을 때가 돼서야 히드라가 움직였다. 독기로는 죽지 않는다
는 것을 알았는지 늪지대를 빠져나와 직접 공격을 했다.

히드라는 아홉 개의 머리를 지니고 있는데 피라미드 형식
으로 양옆 끝의 머리가 가장 작고 가운데로 갈수록 길고 굵어
진다.

라이세크가 상대한 머리는 왼쪽 끝의 가장 작은 머리였다.
쉽게 죽지는 않았다. 20분간 필사적으로 싸웠다. 히드라가
라이세크를 상대로 싸울 때 했던 행동은 물어뜯기 하나뿐이
었다.

단순히 물어뜯기라고 생각하면 안 된다. 라이세크의 반응
속도로도 피하는 게 고작일 정도로 빨랐다. 정말 짜증나는 것
은 독기로부터 몸을 보호하기 위해 오러를 계속해서 소모한
다는 것이다. 포션을 먹는 건 둘째치고 전투에만 집중하기가
어려웠다.

"그럼 다른 머리들은 싸우는 거 구경만 했어? 구경꾼만 여
덟 명?"

"그래… 구경만 하더군. 즐기는 것 같았다."

"폭풍의 마검께서 구경거리로 전락하다니."

라이세크는 슈타이너의 능글거리는 얼굴을 한 방 갈기고 싶었지만 참았다. 마음에 안 드는 표현이라도 사실은 사실이었으니까.

"그때 너 레벨 몇이었는데?"

"205였다."

"뭐야! 넌 왜 그렇게 레벨업이 느리냐?"

"나는 포가튼 사가 나오고 삼 개월 뒤에 시작했다."

라이세크는 일이 있어서 포가튼 사가의 시작이 늦었다. 그렇기에 다른 유저들과 대륙십강과 비교하면 레벨이 상당히 떨어졌다.

"그래? 지금부터라도 열심히 해라. 이 형님은 이제 285레벨이 넘으셨다."

"허, 바하무트와 다녀서냐?"

"맞아. 형이랑 다니면 장난 아니다. 몬스터 녹는다."

"부럽군."

거센 바람 길드만 아니라면 자신도 파티에 끼고 싶었다. 둘은 팔대길드에서도 하지 못한 일을 몇 번이나 해냈다.

그것도 고작 두 명에서.

포가튼 사가 최고의 인간쓰레기라 불리는 타마라스도 이 둘을 함부로 대하지 못했다.

"아무튼, 네가 히드라에 대해 아는 건 그게 전부란 거냐?"

"그래."

"어? 저거 점점 환해지는데 다 온 거냐?"

"맞다. 긴장해라."

말이 끝나기 무섭게 저 밑에서 빛이 점점 밝아지고 있었다. 늪지대로 들어가는 입구였다. 슈타이너는 사전에 라이세크가 시킨 대로 용투기를 전개하여 독기가 침투하지 못하도록 전신을 보호했다.

'시험해 봐야지.'

바하무트는 용투기를 전개하지 않았다. 몸의 내성이 독을 버티는지 못 버티는지 궁금해서였다. 이윽고 바하무트 일행이 지하 동굴을 빠져나와 늪지대 쪽으로 들어섰다.

"대박! 이게 다 늪지대냐?"

"따라와라. 놈이 나타났던 부근으로 안내하지."

지하 동굴을 타고 내려왔으니 분명 이곳은 지하였다. 그런데 너무나도 거대했다. 그들이 밟은 바닥부터 천장까지 못해도 수백 미터는 돼 보였다. 넓게 펼쳐진 늪지대는 끝이 보이지 않았다.

'버티네.'

처음 늪지대 쪽으로 들어섰을 때 알림음이 들렸다. 독기의 영향을 받음에도 용족의 육체에는 침투하지 못한다는 식이었다. 점점 중앙 쪽으로 다가갈수록 몸이 따가워졌다. 독기 때문이기도 했고 저 깊은 늪지대 속에서 숨 막힐 듯이 느껴지는 존재감에 몸이 저절로 반응했다.

"슈타이너. 현신해라."

"현신."

번쩍!

슈타이너는 군말 없이 따랐다. 밝은 금빛이 번쩍이며 3미터 크기의 화려한 골든 나가로 변했다.

"라이세크를 안고 저 꼭대기에 있는 돌 틈으로 가 있어라."

바하무트는 천장 꼭대기쯤에 삐죽이 튀어나와 있는 바위를 가르쳤다. 족히 150미터는 날아가야 할 높이였다. 슈타이너는 라이세크가 뭐라 반문할 틈도 없이 그를 안고 쏜살같이 날아갔다.

"이게 무슨 짓이지? 같이 싸워야 한다!"

"우리가 있음 방해다."

"셋이서 싸워야 안전하다고!"

"형은 히드라가 얼마나 강한지 느낀 거야. 너는 그냥 머리 하나랑 싸운 거고."

바하무트는 티격태격하며 말다툼을 벌이는 둘에게서 시선을 거두고 늪지대를 쳐다봤다. 320레벨이라고 하더니 느껴지는 존재감이 정말 압도적이었다. 당시 라이세크는 수준이 너무 낮아 히드라의 힘을 겉면으로만 느꼈을 뿐이다.

"현신."

푸화아악!

2차 전직의 현신 때와는 차원이 달랐다. 수십 미터 이상 퍼져 나간 불꽃이 사정거리 안의 모든 것을 녹였다. 바닥이고 뭐고 관계없었다.

빠져나갔던 불꽃이 다시금 흡수되며 그의 육체가 바깥에 드러났다.

멀리서 바하무트의 현신 과정을 지켜보던 슈타이너와 라이세크는 할 말을 잃었다.

"와, 2차 때보다 훨씬 더 크네."

"갑자기 용족이 하고 싶군."

8미터의 거대한 육체는 너무도 멋있었다. 세 쌍의 날카로운 뿔과 각기 10미터가 넘는 한 쌍의 날개는 그 넓은 늪지대를 꽉 채웠다.

허벅지만큼 두터운 긴 꼬리가 다리와 같이 육체를 지탱하고 있었으며 더욱 길고 두터워진 팔과 다리는 근접전투 특화 종족인 드래고니언다웠다.

본체로 현신하셨습니다. 본신 능력이 두 배로 증가하며 모든 종류의 포션복용이 불가능해집니다.

우우우웅!

바하무트가 용투기를 전력으로 전개했다. 도핑을 시작한

그를 본 슈타이너가 멀리서 날아와 버프를 걸어주고 다시 날아갔다.

> 용투기를 전력으로 전개하셨습니다.

> 한 시간 동안 모든 능력치가 200% 증가합니다.

> 한 시간이 지나면 본체와 용투기가 풀리면서 하루 동안 무기력 상태가 유지됩니다.

2차 전직 때와는 비교하는 게 부끄러울 정도로 광폭한 기운이 느껴졌다. 대기 역시 바하무트의 기운에 요동쳤다. 멀리 있던 슈타이너와 라이세크도 그의 용투기에 신음을 흘렸다.

'내 기운을 느끼고도 안 나오는 건, 시비 걸기 전까지는 뭘하든 상관 안 한다는 건가?'

히드라는 자신의 기운을 이미 느끼고 있었다. 저 깊은 늪지대에서 꿈틀거리는 놈의 움직임이 감각에 잡혔다.

"안 나오면 나오게 해주지."

바하무트가 날개를 펼쳐 하늘로 날아올랐다. 그의 덩치가 크긴 했지만, 동굴의 내부가 워낙 넓었기에 비행에 지장이 생기지는 않았다.

화르르륵!

대기 중에 분포되어 있는 기운이 불타며 바하무트에게로 집중됐다. 소용돌이가 휘돌면서 모든 것을 휩쓰는 것처럼 바하무트가 기운을 한계까지 응집시켰다.

웅웅!

그가 모은 기운치고는 너무도 작았다. 어린아이 머리 크기 정도의 붉은색 구체가 그의 앞에 둥둥 떠 있었다. 바하무트는 그곳에 용투기까지 주입했다. 가뜩이나 붉은 구체가 피보다도 붉게 변했다.

"내가 전력으로 모은 브레스에 용투기까지 집어넣었다. 정통으로 맞는다면 꽤 아플걸?"

바하무트가 숨을 들이마셨다. 에인션트 레드 드래고니언이 전력으로 내뿜는 브레스였다. 첫인사로는 제격이리라.

콰우우우!

불꽃이 나가는 게 아니라 흡사 붉은빛의 레이저가 뿜어져 나가는 것처럼 보였고 순식간에 공간을 격하여 늪지대에 닿을 찰나였다.

파아아아!

늪지대 쪽에서 녹색 빛의 독 기운이 빠져나와 바하무트의 파이어 브레스와 부딪혔다.

콰아아아아아앙!

두 기운이 부딪힌 충격으로 고막을 터질 듯 커다란 굉음이 동굴 전체를 때렸다. 늪지대가 파도처럼 출렁거리며 사방으로 밀려났다.

"으악!"

"크윽!"

수백 미터 바깥에 있던 슈타이너와 라이세크가 폭발의 충격을 버티지 못하고 비명을 내질렀다. 슈타이너야 바하무트와 매일 붙어 다녀서 면역이 돼 있었지만, 라이세크가 느끼는 충격은 상상 이상이었다.

'저게 유저라고? 같은 게임을 하는 사람이라고?'

저 정도의 브레스가 자신의 영지에 내리꽂힌다면 영지 전체가 날아갈 것이다. 이건 밸런스 파괴였다. 용족이 센 건지, 바하무트가 센 건지 뭐가 뭔지 혼란스러웠다.

"벌써 놀라면 안 되지. 이제 시작인데."

슈타이너가 고개를 까닥여 늪지대 쪽을 가리켰다. 그에 라이세크의 시선이 돌아갔다.

부글부글!

늪지대가 부글부글 끓고 있었다. 바하무트가 사용한 브레스의 여파로 뜨겁게 익은 것이다.

푸아아악!

"나왔군."

키아아아아앙!

뱀들의 계곡을 지배하는 뱀들의 왕이자 320레벨의 절망 몬스터 나인 헤드 포이즌 히드라가 늪지대를 뚫고 입도적인 위용을 드러냈다.

＊　　　＊　　　＊

히드라와 대면한 첫 느낌으로 어떤 표현이 적당할지 섣불리 내뱉기가 모호했다. 포가튼 사가를 삼 년간 플레이하면서 저런 몬스터는 맹세코 처음이었다.

그것은 바하무트는 물론, 슈타이너도 마찬가지였다. 두 번째 보는 라이세크는 그럭저럭 적응됐지만, 그도 여전히 신기했다. 먼저 너무나도 거대했다.

단순히 크다, 엄청나다 같은 수식어로는 도저히 히드라의 산 같은 덩치를 설명할 수가 없었다.

전체적인 체형은 거대한 뱀의 몸통에 용과 뱀을 섞은 듯한 아홉 개의 머리를 갖다 붙인 모습이다. 어지간한 건물보다도 두터운 몸통은 보는 이로 하여금 질리게 할 만큼 위압감을 조성하고 있었다.

늪지대를 타고 오는 몸 늘림이 굉장히 빨랐다. 라이세크의 말대로 몸통과 가장 커다란 가운데 머리의 크기를 합하면 높이가 100미터는 돼 보였다.

더욱이 머리부터 꼬리까진 그 배가 훨씬 넘었다. 수십 층짜리 건물을 생각했었는데 딱 그 짝이다. 전체적인 색은 갈색과

녹색이 섞인 늪지대의 색으로 일종의 보호색을 띠고 있었다.

쉬이이익!

한 쌍씩의 뿔이 달린 아홉 개의 머리가 사방으로 흩어져서 바하무트를 관찰했다. 라이세크가 싸우다가 죽었다는 가장 작은 양쪽 끝의 머리의 크기도 어지간한 대형 몬스터와 비슷했다.

8미터의 신장을 지닌 바하무트가 봐도 이리 거대한데 라이세크가 봤을 때는 어떤 느낌이었을지 알 만하다.

"괴물이냐? 저거 몬스터 맞아?"

"나도 처음 봤을 때는 정말 심장이 튀어나올 정도로 놀랐다."

슈타이너가 보기에 저건 몬스터가 아니었다. 세상에 저렇게 크다니, 지하 동굴의 규모가 왜 이렇게 크고 높은지를 이제야 실감했다.

'강하다.'

바하무트의 두 눈이 가라앉았다. 덩치만 큰 몬스터가 아니었다. 놈은 지금 자신을 철저히 탐색하며 뭉쳐 있는 근육을 풀었다. 아무래도 라이세크처럼 머리 하나만 상대하긴 글렀다.

아홉 개의 머리가 서서히 바하무트를 향해 다가왔다. 무작정 다가오는 게 아니라 양옆과 위아래 전부를 차단했기에 도망치긴 무리였다.

공격을 전부 막거나 피하는 수밖에 없었다.

'온다.'

아주 미세했지만, 놈의 목 근육이 수축하는 게 감각에 잡혔다. 권투 선수의 잽처럼 순식간에 다가오리라.

슈슈슈슉!

유저나 몬스터는 관절의 움직임에 한계가 있어서 움직임의 예측이 가능하다.

빠르고 변화가 심해도 팔이 안으로 굽지, 바깥으로 꺾이지는 않는다. 그러나 히드라는 달랐다. 아홉 개의 머리가 지그재그로 번개처럼 움직이며 쇄도해 왔다.

머리의 방향이 계속해서 바뀌는 것으로 보아 공격당하기 전까진 정확한 위치를 파악하기가 불가능했다.

파파파팟!

바하무트의 육체가 흐릿한 잔상을 남기며 지하 동굴 전체를 누비기 시작했다. 잔상이 나타났던 곳에는 꼭 히드라의 공격이 이어졌다. 공격하는 자와 피하는 자간의 속도 대결이 펼쳐진 것이다.

폭화 언령술 : 삼 조합 스킬.

일백 백(百), 불 화(火), 구슬 주(珠).

백화주(百火珠) : 백 개의 불꽃 구슬.

백화주가 펼쳐지며 바하무트의 육체 주변으로 백 개의 구슬이 나타났다. 바하무트가 손을 펼치자 구슬들이 사방으로 퍼져 나갔다. 목표는 주변에서 다가오는 히드라의 머리였다.

콰콰콰콰!

한 방, 한 방 정확히 겨냥해서 맞추는 건 큰 심력이 소모된다. 몸통을 겨냥해 버리면 된다고 생각할 텐데 고속으로 이동하는 놈의 머리를 피하면서 집중하기에는 시간이 부족했다. 바하무트는 백화주를 그냥 날려 보내고선 자리에서 몸을 피했다.

폭화 언령술 : 이 조합 스킬.
불타오를 첨(沾), 번질 람(濫).
첨람(沾濫) : 불타 번져라.

바하무트의 육체가 불타오르며 대기를 태웠다. 그 안에는 히드라의 머리도 포함되어 있었다.

키키키키!

'제길'

첨람이 덮치기 직전, 히드라의 머리가 고속으로 꼬아졌다. 마치 꽈배기를 보는 것 같았다. 꼬아질 때 생성된 풍압이 첨람을 날려 버렸다. 저런 식의 방어 기술은 생각지도 못했다.

콰앙!

머리에만 신경 쓰느라고 히드라의 꼬리를 신경 쓰지 못한 게 잘못이었다. 빠르게 육체를 회전시킨 히드라가 육중한 꼬리로 바하무트를 후려쳤다.

용투기의 붉은 빛깔이 순간적으로 번쩍이며 충격을 완화시켰다. 공중에 떠 있어서 그런지 수십 미터를 뒤로 밀리고서야 몸을 곧추세웠다.

폭화 언령술 : 이 조합 스킬.
날카로울 예(銳), 불 화(火).
예화(銳火) : 날카로운 불꽃.

폭화 언령술 : 이 조합 스킬.
불 화(火), 주먹 권(拳).
화권(火拳) : 불 주먹.

콰콰콰콰!
슈아아앗!

바하무트의 두터운 양팔이 움직이며 날카로운 불꽃의 칼날과 그의 주먹 모양을 닮은 불꽃 수백 개가 연달아 히드라를 공격했다. 그 모습이 제트기가 지상을 향해 폭격을 퍼붓는 모습과 흡사했다.

"멀쩡하군."

폭발이 걷히고 나타난 곳에는 상처 하나 없는 히드라가 바하무트를 멀뚱히 쳐다보고 있었다. 충격을 받고 있는지 없는지 구분도 되지 않았다.

겉모습으로는 별다른 타격이 없어 보였다. 만약 정말 보이는 모습처럼 타격이 없다면 이 조합과 삼 조합 스킬로는 데미지를 줄 수 없다는 것을 뜻했다.

'기본적인 패턴은 고속으로 움직이는 머리 공격과 삼 조합 스킬까지 버텨내는 방어력 정도인가?'

현재까진 아무런 스킬도 능력도 보이지 않고 머리와 꼬리를 이용한 몸통 공격만 해댔다.

물론, 그것만 해도 2차 전직 유저들은 버티지 못할 만큼 위력적이었다. 3차 전직을 끝낸 바하무트도 전부 다 피하기가 어려워서 스킬을 이용해야 했다.

"엄청나군."

"아직 형은 본래 전력의 반도 꺼내지 않았어."

슈타이너는 그 누구보다도 바하무트에 관해 잘 알았다. 아직 그는 사, 오 조합 스킬을 사용하지 않았다. 용투기도 전력으로 끌어 올렸지만, 응용 자체를 안 하고 있었다.

"뭐지?"

"잘 봐라. 저게 염열지옥이다. 오크로드를 소스 국물로 만들어 버린 스킬이지."

"저것이?"

라이세크가 호기심 어린 눈빛으로 바하무트를 쳐다봤다. 닿기만 해도 데일 것 같은 뜨거운 열기가 그를 중심으로 생성됐다.

폭화 언령술 : 사 조합 스킬.
뜨거울 염(炎), 더울 열(熱), 땅 지(地), 옥 옥(獄).
염열지옥(炎熱地獄) : 뜨겁고 더운 지옥.

화르르르!
대기 기온이 끝없이 치솟았다. 영혼조차 녹여 버릴 끔찍한 열기가 이글거렸다. 그의 육체가 불꽃에 휘감겼다. 지하 동굴을 구성하는 넓은 늪지대 일부가 열기를 버티지 못하고 부글부글 끓어오르며 수증기를 내뿜었다.
키이이이!
변화는 바하무트에게서만 나타나지 않았다. 히드라의 전신 모공에서 그와는 대비되는 초록색의 독기 뿜어져 나와 그 거대한 육체를 안개처럼 감싸 버렸다. 염열지옥의 열기가 독기 내부로 침투하려고 해봤지만, 두 기운이 부딪히자 새하얀 수증기를 내뿜으며 어느 쪽으로도 밀리지 않았다.
"재밌어, 정말."
아달델칸과 싸울 때는 전력을 다했음에도 여럿이서 합공했기에 제대로 된 싸움이라고 생각지 않았다. 솔직히 이겼어도 이긴 것 같지가 않았다.

그런데 지금은 너무나도 재미있었다. 본래의 실력을 드러
내자 히드라도 숨겨놨던 능력을 꺼내 들었다. 바하무트는 이
제 사 조합 스킬을 사용해도 페널티를 받지 않는다. 고룡에
올라서면서 자잘한 페널티가 전부 사라졌기에 폭화 언령술을
사용함에서 더욱 자유로워졌다.

"2차전이다."

퍼어어엉!

바하무트가 염열지옥을 두르고는 히드라를 향해 날아갔
다. 양측 20미터 길이의 날개가 불타오르는 형상이 전설상의
영조 피닉스를 닮았다. 용투기와 염열지옥이 히드라의 독기
를 뚫고 들어갔다.

열기를 몰아내려는 독기가 격렬하게 요동침에도 바하무트
는 신경 쓰지 않았다. 서로 피하기만 해서는 승부를 가르지
못한다. 단순 공격이 피해를 주지 못한다는 것을 안 이상 한
대를 맞더라도 한 대를 쳐야 했다. 오래 버티는 자가 이기는
진검 승부를 펼칠 때가 온 것이다.

폭화 언령술 : 사 조합 스킬.
큰 대(大), 뜨거울 염(炎), 임금 왕(王), 주먹 권(拳).
대염왕권(大炎王拳) : 거대한 염왕의 주먹.

히드라의 가장 큰 가운데 머리의 코앞까지 접근한 바하무트의 오른팔이 돌연 수십 배로 커지며 엄청난 불꽃의 주먹을 만들어냈다.

콰아아앙!

키아아아!

거대한 바위를 연상케 하는 대염왕권이 히드라의 얼굴을 후려쳤다. 그뿐만 아니라 주먹의 스윙 범위에 있던 다른 머리들도 연달아 쳐 맞고 비틀거렸다. 수천 도의 고열을 막기에는 놈의 방어력으로도 힘들었는지 적중당한 히드라의 얼굴이 녹아내렸다.

스스스스!

라이세크에게 듣던 대로 히드라의 회복력은 트롤의 몇 배를 상회했다. 녹아내리던 얼굴이 빠른 속도로 회복됐다. 그렇다고 성과가 없는 건 아니었다.

회복되면 상처는 없어져도 분명 다른 무언가를 소모할 것이다. 마력이든 피든 간에 말이다. 세상에 대가 없는 보답은 없으니까.

푸우우우!

화가 난 히드라가 독기를 널찍하게 뿜어냈고 사정거리에 있던 바하무트를 덮친 것도 모자라 지하 동굴 전체로 범위를 확장했다.

"으악, 독가스다!"

"동굴로 돌아가자. 이러다 죽어!"

슈타이너가 다가오는 녹색의 독기에 기겁하자 라이세크가 재빨리 그에게 붙으며 들어왔던 동굴 쪽으로 피신하자고 말했다. 아무래도 싸움이 난폭해질 것 같기에 멀리서 구경을 하는 것도 어려울 듯했다.

슈욱!

슈타이너는 라이세크를 끌어 앉고 스스로 낼 수 있는 가장 빠른 속도로 지하 동굴을 향해 날았다. 그런데 그게 끝이 아니었다.

"타고 올라온다!"

"이런, 제기랄!"

녹색의 독기가 동굴을 타고 올라온 것이다. 기겁한 슈타이너와 라이세크가 독기를 향해 동굴이 무너지지 않을 적은 범위의 공격 스킬을 사용했다.

스톰 브링거 제 일식 : 스톰 블레이드.

라이세크의 검에 풍압이 일며 독기를 조각조각 잘라 버렸다.

소닉붐(sonic boom) : 중반 사식.
회풍포(回風砲) : 회오리 대포.

슈타이너의 회풍참이 회오리를 일으키며 조각조각 잘라 버린 독기를 흡수해 바깥으로 밀어냈다. 그럼에도 전부 헛수고에 불과했다.

푸스스스!

"그냥 튀자."

"어쩔 수 없지."

형체가 없는 독기는 히드라의 몸에서 계속해서 뿜어져 나왔기에 밀어내고 밀어내도 올라왔다.

수도꼭지를 잠그기 전에는 손으로 막고 막아도 소용없는 것처럼 히드라를 죽이거나 더 큰 뭔가로 막기 전에는 발악해 봐도 상황이 반복될 뿐이었다.

"크어어어어엉!"

바깥에서 바하무트의 울부짖음이 들렸다. 고통에 겨운 것이 아닌 용의 포효인 용마후였다.

콰콰콰쾅!

슈타이너와 라이세크를 향해 밀려오던 독기가 녹아버렸다. 대신 뜨거운 열기가 치고 올라왔지만, 둘에게 피해를 주지는 않았다.

파티였기에 직접적인 공격이 아니라면 데미지를 받지 않아서다.

"제대로 시작되는구나."

슈타이너는 두 괴물의 전투가 본격적으로 시작됨을 느꼈다.

*   *   *

폭화 언령술 : 사 조합 스킬.
일천 천(千), 터질 폭(爆), 불화(火), 구슬 주(珠).
천폭화주(千爆火珠) : 폭발하는 천 개의 불꽃 구술.

백화주의 강화판인 천폭화주에서 생성된 천 개의 불꽃 구술이 히드라의 아홉 개 머리와 몸통, 다리를 가리지 않고 전부 부딪혀서 폭발했다.

2차 전직 때의 위력하고는 차원이 달랐다. 하나의 구슬이 터질 때마다 히드라의 강인한 비늘과 가죽이 파이며 시뻘건 속살을 드러냈다.

키아아아!

경이로운 회복력으로 상처는 금방 복구됐지만, 고통까지 사라지는 건 아니었다. 100미터가 넘는 거대한 육체에 비하면 자그마한 상처다.

그런데 그런 자그마한 상처도 천 개가 생기자 큰 고통으로 다가왔다.

이미 히드라는 녹색 독기로 똘똘 뭉쳐 있었다. 뱀의 모습은 보이지 않고 녹색의 형상을 한 괴물만 눈에 들어왔다.

그건 바하무트도 비슷했다. 염열지옥에 가려진 그는 활활 타오르는 불꽃같았다. 두 존재 사이에서 열기와 독기가 만나며 흰 연기가 만들어졌다.

퍼퍼퍼퍽!

쾅!

히드라가 늪지대의 늪을 이용하여 바하무트를 공격했다. 절망 몬스터답게 속성권능을 보유하고 있었다. 파도처럼 출렁거리는 늪지대가 히드라의 능력에 의해 갖가지 모양으로 변하며 바하무트의 목숨을 노렸다. 어떨 때는 날카로운 창으로 화했고 어떨 때는 도망치지 못하게 벽처럼 감싸 버렸다.

거기다 히드라가 늪지대에 몸을 담그고 있으면 회복 속도가 더욱 빨라졌다. 바하무트는 싸움을 시작한 이래 지상에 안착한 적이 한 번도 없었다.

히드라의 공격 패턴은 늪에서 시작돼서 늪에서 끝난다. 날아다니지 않으면 싸우기가 어려운 상대였다. 용족과 페어리족을 제외하면 원거리 계열 유저들만이 히드라를 상대로 싸우는 게 가능할 것이다. 날개 없는 근거리 유저들은 장담컨대 3차 전직 유저라도 잡지 못한다.

콰앙!

두 개의 머리가 양쪽을 점하고 공격해 들어왔다. 바하무트는 양손을 들어 머리의 코 부분을 붙잡고 힘겨루기에 들어갔다. 수천에 달하는 근력 수치가 만들어내는 신기였다.

키아아아!

자신의 공격이 고작 바하무트의 양손에 막히자 화가 난 히드라의 일곱 개 머리가 재차 후속타로 들어왔다.

펄럭!

불꽃을 가득 머금은 바하무트의 날개가 끝까지 젖혀진 다음 앞으로 빠르고 휘둘러졌다. 그러자 날개로부터 생성된 불꽃의 파도가 광범위에 걸쳐 나아갔고 히드라의 머리 전부가 거기에 휩쓸렸다.

갑작스러운 공격에 깜짝 놀란 히드라의 공격이 멈칫거리자 틈을 탄 바하무트의 육체가 흐릿해지며 히드라의 몸통 부근 쪽에서 이동했다.

폭화 언령술 : 사 조합 스킬.

터질 폭(爆), 흐를 류(流), 붙잡을 나(拏), 바람개비 환(綄).

폭류나환(爆流拏綄) : 폭발의 흐름 속에 붙잡힌 바람개비.

콰드드드!

바하무트의 몸이 팽이처럼 휘돌며 그것을 중심으로 거대한 불꽃의 회오리가 생성됐다. 발바닥 쪽은 히드라의 몸통을 잔인하게 파헤쳤고 폭풍에서 흘러나오는 폭발은 히드라의 강인한 육체 구석구석 찢어발겼다.

퍼어어엉!

고통을 참지 못한 아홉 개의 머리 중 네 개가 폭류나환 쪽으로 움직이더니 엄청난 독기를 머금은 포이즌 브레스를 네 번이나 연달아서 발사했다.

불꽃의 회오리와 독의 숨결이 부딪히자 바하무트의 움직임이 눈에 띄게 느려지며 결국, 마지막 브레스를 견디지 못하고 튕겨 나가 동굴 벽에 처박혔다.

"크흐! 짜릿한데?"

캬아아아!

벽에 처박힌 바하무트가 충격을 받았다고 생각했는지 이번에는 다섯 개의 머리가 포이즌 브레스를 연달아 발사했다. 한 방의 위력이 용투기가 울릴 만큼 위력적이라서 다섯 번 모두 정통으로 맞는다면 중상을 입을 게 분명했다.

폭화 언령술 : 사 조합 스킬.

큰 대(大), 불 화(火), 굳셀 강(强), 장막 막(幕).

대화강막(大火强幕) : 크고 강한 불의 장막.

바하무트의 전방에 히드라의 육체도 뒤덮을 만큼 거대한 불꽃의 장막이 펼쳐졌다. 그리고는 다섯 발의 포이즌 브레스를 전부 막아버렸다.

"조합 스킬을 네 방이나 처 맞고도 멀쩡하다니."

실제로 멀쩡한 건 아니었다. 히드라도 전투의 데미지로 처음과 같은 몸 상태를 지니고 있지는 못했다. 그저 회복력 덕분에 상처가 생기면 바로 재생되어 멀쩡한 것처럼 보이는 것이다.

바하무트도 그 정도는 안다. 다만 히드라와 비교하면 그의 육체는 용투기와 염열지옥을 뚫고 들어온 독기 때문에 군데군데가 녹아 자체 재생에 들어간 상태였다. 중독되지는 않았지만, 생명력이 많이 줄어들었다.

"오 조합 스킬은 부담스러운데."

예전에는 스킬의 제어가 불가능해서 사용하는 즉시 폭발에 휘말려 죽었지만, 3차 전직을 해서 고룡이 된 지금에는 오조합 스킬도 제어할 수 있었다.

그러나 고룡의 육체와 능력치로도 단 두 번밖에 사용하지 못한다. 두 번의 기회가 끝나면 본체 상태와 극한까지 전개한 용투기가 2차 때처럼 저절로 풀어진다.

이제는 페널티가 하루에서 반나절로 줄어 부담감이 많이 사라졌지만 오 조합 스킬로도 쓰러뜨리지 못한다면 죽거나 도망쳐야 한다.

'어디 보자, 남은 시간이 얼마지.'

바하무트는 호흡을 가다듬으며 용투기의 남은 시간을 알아봤다.

용투기의 지속 시간이 42분 남으셨습니다.

한 번 정도는 사용해도 괜찮을 듯싶었다. 시간이 반으로 줄어들기는 해도 오 조합 스킬로 얼마나 큰 피해를 주느냐에 따라 싸움을 지속하느냐 피하느냐를 결정하면 된다.

스슥!

바하무트가 뒤로 물러나며 히드라와의 거리를 벌렸다. 히드라도 굳이 따라가지는 않았다.

키르르르!

저 조그마한 존재는 정말 얕잡아 볼 수 없었다. 지금까지 천 년이 넘는 세월을 살아왔지만 이렇게까지 상처를 입어본 적은 처음이다. 빨리 없애고 레어로 돌아가 휴식을 취해야 했다.

바하무트도 히드라와 생각이 같았다. 마음이 급해도 쉽게 이길 수 있는 상대가 아니기에 신중에 신중을 거듭해야 했다. 급하게 밀어붙였다간 오히려 역으로 당하기 쉬웠다.

"막아봐."

폭화 언령술 : 오 조합 스킬.
터질 폭(爆), 불꽃 화(火), 멸망할 멸(滅), 넋 혼(魂), 구슬 주(珠).
폭화멸혼주(爆火滅魂珠) : 영혼조차 멸하는 폭염의 구슬.

쿠우우우우우!

바하무트의 전신을 감싸고 있던 염열지옥이 저절로 해제되었다. 고룡의 권능으로도 오 조합 스킬을 사용하며 두 가지를 동시에 유지할 수는 없었다. 하늘로 솟은 바하무트의 왼손 위로 지름 2미터 정도 되는 폭염의 원천이 만들어졌다. 염열지옥의 기운이 그쪽으로 흡수됐고 색깔은 피보다도 진하고 붉었다.

색이 점점 짙어질수록 뿜어져 나오는 열기도 상승했다. 수백 미터나 떨어져 있는 늪지대가 끓어올랐고 튼튼한 지하 동굴의 내부가 녹아내렸다. 이 끔찍한 열기에 히드라가 조금씩 뒤로 물러섰다.

웅웅웅웅!

폭화멸혼주가 한 번 울릴 때마다 열기가 높아졌다 낮아지기를 반복했다.

"너도 준비하는 거냐?"

계속해서 멀어지던 히드라가 멈춰선 곳은 바하무트와의 거리가 무려 일 킬로미터는 떨어진 늪지대의 중앙 부근이었다. 도망치려는 행동은 아니었다. 가슴 쪽으로 보이는 부근이 펌프질하는 것처럼 빠르게 움직였다. 속도는 가면 갈수록 빨라졌다.

"죽어."

콰아아아아아!

폭화멸혼주가 느리지도 빠르지도 않은 속도로 날아갔다.

늪지대 쪽으로 다가가자 가뜩이나 높아진 열기로 끓어오르던 늪지대가 아예 증발해 버리며 사라졌다.

신기하기 그지없는 광경이었다. 마치 폭화멸혼주를 위해 길을 터주고 있는 착각마저 들었다.

키아아아!

히드라의 아홉 개 머리가 서로 휘어 감겨 실타래처럼 한곳으로 뭉쳐졌다. 그리고 고개를 빳빳이 세우고서 동시에 브레스를 발사했다.

각기 다른 입에서 발사된 브레스는 중간 지점에서 하나로 합쳐지더니 이내 늪지대를 녹이며 전진하던 폭화멸혼주와 중앙에서 맞부딪혔다.

쿠아아아아앙!

폭화멸혼주와 포이즌 브레스가 폭발하며 지름 500미터에 이르는 충격파가 늪지대 전체를 뒤흔들었다. 바하무트는 폭발에 휘말려 천장에 몸이 파묻히도록 처박혔고 거대한 육체를 지닌 히드라도 뒤로 나자빠졌다.

슈타이너와 라이세크도 동굴 내부로 피신해 있었지만, 동굴을 타고 들어오는 충격파에 이리 치이고 저리 치었다.

"크악!"

"휘말린 정도로 생명력의 30%가 닳다니!"

라이세크는 직접적으로 공격당한 것도 아니고 간접적으로 맞았는데도 생명력이 엄청나게 닳자 어이가 없다는 투로 말했다.

동굴 바깥은 늪지대 전역을 뒤덮은 먼지들 때문에 보이지도 않았다. 장담컨대 아까 전처럼 바위틈 위에서 구경하고 있었다면 죽었을지도 모른다.

"야! 형, 살아 있어?"

"살아 있긴 하다. 그런데 생명력이랑 용투력이 거의 바닥이야."

파티창으로 보이는 바하무트의 생명력과 용투력 게이지가 오분의 일밖에 남지 않았다. 이번 공격으로 히드라가 죽지 않았다면 후퇴해야 할 수도 있었다.

"휴, 살았으면 다행이지."

중요한 건 살아 있다는 거다. 생명력이 바닥이든 뭐든 살아 있다는 것 자체가 중요했다.

[슈타이너, 라이세크.]

파티 음성창이 열리며 바하무트의 목소리가 들려왔다.

[괜찮아요?]

[히드라는 죽였나?]

[아니, 머리를 녹였지만, 아직 건재한 편이다. 다른 건 아니고 튈 준비해라.]

바하무트는 전방에서 몸을 일으키고 히드라를 쳐다봤다. 아홉 개의 머리 중 두 개의 머리를 녹여냈다.

연신 고통에 겨워 몸부림치고 있었으나 몸부림도 힘이 있어야 칠 수 있다.

[형은요?]

[마지막 공격해 보고 안 되면 튄다. 너희 먼저 올라가고 있어.]

바하무트는 그 말을 끝으로 파티 음성창을 종료했다. 고통을 견뎌낸 히드라가 사이한 눈을 번뜩이며 천장에 처박혀 있는 바하무트를 향해 살기를 드러냈다.

후드드득!

몸을 움직여 돌 틈에서 빠져나온 바하무트는 상태를 점검했다.

용투기의 지속 시간이 17분 남으셨습니다.

이대로 몸을 돌려 도망치면 히드라의 공격 범위에서 충분히 빠져나갈 수 있었다. 하지만 바하무트는 싸우는 쪽을 택했다. 폭화멸혼주에 머리 두 개가 날아간 히드라는 상처를 회복하지 못하는 중이다.

그것은 즉, 이제부터 입는 상처는 회복하지 못한단 뜻으로 봐도 무방하단 증거다. 바하무트는 날개를 이용하여 바닥에 안착했다.

폭발의 충격으로 처박히면서 날개 한쪽이 깊게 찢어졌다. 거의 꺾이듯이 찢어져서 자체 회복력으로도 한참이 걸릴 것 같았다.

"자! 마지막을 장식해 보자."

슈타이너와 삼 주간 S급 퀘스트를 수행하면서 몇 가지 조합 스킬을 만들어 냈는데 그중에는 오 조합 스킬도 포함되어 있었다.

폭화멸혼주처럼 광범위한 곳에 큰 데미지를 주기보단 일인격살 용이란 표현이 어울리는 스킬이었다.

키이이이!

히드라는 독기를 뿜어내지 못했다. 거대한 육체 이곳저곳이 찢기고 파여서 붉은 속살과 함께 피를 흘려댔다. 상처 재생도 여의치 않은지 바하무트와 같은 만신창이었다. 이제 둘의 거리는 채 100미터도 남지 않았다.

그래도 방심은 금물이다. 히드라의 크기를 생각하면 공격이 날아오기에 충분한 거리였다.

폭화 언령술 : 오 조합 스킬.
불꽃 염(炎), 죽일 살(殺), 땅 지(地), 옥 옥(獄), 칼 검(劍).
염살지옥검(炎殺地獄劍) : 불꽃조차 죽이는 지옥의 검.

즈아아앙!

몸속에서부터 타오른 불꽃이 바하무트의 양 손바닥을 타고 나오며 수십 미터 길이의 날카로운 검의 형상을 띠기 시작했다. 불꽃으로 만들어진 검답게 이리저리 일정한 형체 없이 들끓기만 하던 쌍검은 점점 기운이 가라앉아 깔끔한 모습을 갖추었다.

겉으로 느껴지는 기운은 폭화멸혼주는커녕, 염열지옥이나 천폭화주 같은 위용에도 못 미쳤다. 그러나 염살지옥검의 모든 기운은 겉이 아닌 속에 내재된다. 파괴의 능력 자체를 비교하긴 뭣하지만, 폭화멸혼주조차 갈라 버리는 스킬이 염살지옥검이었다.

뚜벅뚜벅!

바하무트는 양손을 넓게 펼친 채 히드라에게 다가갔다. 이미 뭍으로 나올 수 있는 늪지대의 끝 부분까지 다가온 히드라는 바하무트가 다가와도 피하지 않았다.

이 싸움이 막바지에 왔다는 것을 느낀 것이다. 몸을 돌려 도망친다면 남은 일곱 개의 목이 모두 잘려 나가리란 본능이 피하기를 거부했다.

"간다?"

콰드드드!

파앙!

마지막으로 남아 있던 용투기를 하반신에 집중했다. 하체에 힘을 실은 바하무트가 뛰쳐나가자 반동을 버티지 못한 지반이 갈라졌다.

히드라의 앞으로 총탄처럼 날아간 바하무트가 왼손의 염

살지옥검을 휘둘렀다. 히드라는 바하무트를 물어뜯으려고 머리를 움직였지만 좁은 목 사이의 틈을 파고들어 대각선으로 휘둘렀다.

스거거걱!

크아아앙!

단번에 세 개의 목이 잘려서 늪지대로 떨어졌다. 끝이 아니었다. 히드라의 등판에 착지한 바하무트가 그 등판을 지반 삼아 뭍 쪽을 향해 뛰어올랐다.

그리고 이동하는 틈을 타 히드라의 반대쪽 목 세 개를 또 잘라냈다.

'제길, 하나를 놓쳤다.'

> 과한 용투기 전개로 육체가 버티지 못합니다. 용투기와 본체 상태가 해제됩니다.

> 반나절 동안 무기력 상태에 들어갑니다.

콰당탕!

가운데 가장 큰 머리를 제외한 여덟 개의 머리를 자르는 데 성공했으나 오 조합 스킬을 두 개나 사용하는 바람에 용투기와 본체 상태가 풀려 버렸다.

급격한 무기력증이 온몸에 스며들었다. 용투기를 사용하지 못하니 스킬을 하나도 쓸 수가 없었다.

"놈은?"

바하무트는 줄어들었던 생명력을 회복시키며 히드라 쪽을 바라봤다. 그리고는 표정을 일그러뜨렸다.

키아아아!

"진짜 가지가지 하는구나."

*　　　*　　　*

부글부글 익어가며 잘린 여덟 개의 머리에서 피 분수가 솟구쳤다. 거대한 육체를 떠받치는 굳건한 몸통은 이미 힘이 풀려 늪지대 속으로 가라앉는 중이다. 분명 눈에 보이는 모습으로 따지면 바하무트의 승리였다.

히드라의 육체에서 변화가 생기기 전까지는.

우두두둑!

늪지대에 잠겨 가던 히드라의 육체가 급격하게 쪼그라들었다. 늙어간다는 표현이 가장 적절할 것이다. 강인했던 비늘이 썩은 나뭇잎처럼 바스라졌으며 분수처럼 치솟던 피도 말끔히 사라졌다. 죽어서가 아니었다. 놈은 힘을 한곳으로 모으고 있었다.

키아아아!

60미터 길이의 가장 큰 가운데 머리가 히드라의 육체에서 빠져나왔다. 흉측했던 상처들은 모두 재생되었으며 심지어 흐릿한 녹색의 독기까지 다시 뿜어냈다.

'저 정도면 잡을 수 있다!'

[슈타이너, 라이세크 돌아와라! 어서!]

[안 그래도 가고 있어요! 기다려요!]

[기다려라!]

생각을 정리한 바하무트가 도망치라고 했던 녀석들을 급히 불러들였다. 슈타이너와 라이세크가 합공을 한다면 잡을지도 모른다. 절망 몬스터는 이름이 남색으로 표시된다. 몬스터는 칠 등급으로 나뉘는데, 가장 약한 놈부터 빨, 주, 노, 초, 파, 남, 보의 무지개 색을 띤다.

지금 히드라의 이름은 파란색으로 변해 있었다. 놈의 등급이 절망에서 좌절로 내려갔다. 3차 전직 이전인 299로 퇴화했다는 뜻이다.

얼마만큼 약해졌는지는 몰라도 둘이 힘을 합치면 충분히 가능했다. 정 안되면 무기력에 걸린 이 몸뚱이로나마 무기를 들고 후려칠 것이다.

"형!"

"잡았나?"

"아니, 저기 봐."

히드라는 탈피를 거의 끝낸 상태였다. 본체는 이미 먼지가 되어 사라진 지 오래다.

60미터의 거대한 육체가 70미터로 커졌으며 내뿜는 독기도 조금이지만 살아났다. 하지만 확실한 건 등급과 레벨이 대폭 하락하여 아까의 반의 반도 안 되는 힘을 지녔다는 것이다.

"어떻게 된 거지?"

"아홉 개의 머리 중 여덟 개를 잘라냈다. 대신 나도 전력을 다했기 때문에 본체가 풀려 버렸다. 그런데 저놈한테 유일하게 멀쩡했던 가운데 머리가 탈피하더군. 본체에 남아 있던 모든 힘을 한곳으로 흡수한 게 저놈이야. 지금 너와 슈타이너가 싸우면 승산이 있다."

키아아아!

탈피를 끝낸 히드라가 한결 가벼워진 움직임으로 늪지대를 가로질렀다. 예전보다는 확실히 작아졌지만, 여전히 거대했다.

"난 튄다. 알아서들 싸워라."

바하무트는 포션을 복용해 생명력을 회복하고 하늘 높은 곳으로 날아올랐다. 용투기를 사용하지 못하니 당장은 방해만 될 뿐이다.

그들이 전투에 집중하도록 자리를 비켜주는 게 예의였다.

퍼어어엉!

"이런 제길!"

그런데 히드라의 생각은 달랐다. 자신을 이 꼴로 만들어 버린 원흉이 도망치려 하자 브레스를 뿜어내어 공격했다. 갑작스러운 공격에 미처 피하지 못한 바하무트가 바닥으로 추락했다.

소닉붐(sonic boom) : 중반 육식.
벽력단(霹靂斷) : 번개 끊기.

콰르르릉!

하늘 높이 날아간 슈타이너의 창에서 뇌성벽력이 울리며 히드라의 머리통을 쪼개 버릴 기세로 내리그어졌다. 바하무트에게 정신이 팔려 있던 히드라는 그 공격을 피하지 못했다.

스아아악!

크라라라!

그래도 정통으로 맞지는 않았다. 마지막 순간에 몸을 틀어 머리에 맞을 공격을 몸 쪽으로 바꿨다. 힘을 집중하면서 회복력도 살아났는지 상처에 거품이 생기며 순식간에 재생되었다. 바하무트는 그사이에 재빨리 천장 꼭대기까지 올라가 깊게 파인 공간으로 숨었다.

너무 힘든 격전을 치러서 그런지 쉬고 싶기도 했고 슈타이너와 라이세크의 싸움을 잘 보이는 곳에서 구경하기 위해서다.

파파파팟!

라이세크는 주로 히드라의 꼬리 쪽을 집중 공격했고 슈타이너는 하늘을 날아다니며 머리 쪽의 시선을 끌었다.

확실히 슈타이너는 예전부터 파티 플레이를 하는 데 천부적인 재능이 있었다. 남이 자신에게 맞추지 않으면 자신이 찾아서 최대한 맞추었다. 라이세크 역시 대륙십강의 한 명답게 눈치가 빨라서 금방 슈타이너의 계획을 알아채고 지상에서의 역할을 충실히 소화해 냈다.

스톰 브링거 제 이식 : 스톰 댄싱.

스스스슥!

라이세크의 검이 춤을 추며 히드라의 꼬리를 난자했다. 아래쪽에서 느껴지는 고통에 히드라가 고개를 돌릴 찰나 슈타이너의 공격도 재차 이어졌다.

소닉붐(sonic boom) : 전반 이식.
분영(分影) : 그림자 나누기.

슈슈슈슛!

수백 개로 변한 창의 그림자가 히드라의 전신을 찔러 들어갔다. 둘의 합공에 짜증이 치밀어 오른 히드라는 슈타이너의 공격을 무시하고 라이세크부터 죽이기로 마음먹었다. 몬스터의 입장에서도 공중보다는 지상이 상대하기 편했다.

"왜 하필 나야!"

히드라의 움직임을 보고 자신이 목표가 됐다는 것을 느낀 라이세크가 한탄했다.

퍼어어펑!

키앙!

"어라?"

히드라가 멀리서 날아온 공격에 후려 맞고 잠시 멈칫했다. 이번 공격은 슈타이너도 라이세크도 아니었다. 저 멀리 떨어진 바위에 숨어 있던 바하무트의 공격이었다.

"이거 꽤 좋네?"

바하무트는 맨티코어 킹을 잡고 얻은 인비저블 보우를 보며 말했다. 궁수 계열 유저가 아니라서 공격력은 형편없었지만, 명색이 유니크 활이었다. 기본 공격력에 자신의 근력 수치를 더하면 따끔한 정도는 될 것이다.

히드라는 슈타이너가 때린 줄 알고 조금 전 공격을 무시하고서 무조건 라이세크만 공격하고 있었는데 그 모습이 사뭇 위험해 보였다. 상처를 입는 즉시 재생시키니 단번에 숨통을 끊어야 했다.

"이 새끼가 형님을 무시한다 이거지?"

콰드드득!

양손으로 창을 잡은 슈타이너의 팔 근육이 급격하게 부풀어 올랐다. 위쪽에서 아래로 공격하면 라이세크가 휘말릴 수

있기에 약간 아래쪽으로 이동하여 공격이 위쪽을 향하게끔
했다.

소닉붐(sonic boom) : 후반 팔식.
유성낙하(流星落下) : 유성 떨구기.

파파파파파팡!
공기가 터지는 소리가 연속적으로 들리며 음속을 돌파한
창의 궤적이 히드라의 목 부근을 무자비하게 후벼 팠다.
수십 개의 유성이 한 번씩 때릴 때마다 구멍이 송송 뚫렸
다. 유성낙하는 슈타이너의 오의를 제외하면 가장 강력한 세
개의 기술 중 하나였다. 대놓고 무시할 수준이 아니었다.
키르르륵!
바하무트는 계속해서 화살을 날렸다. 공격력은 강하지 않
아도 신경을 분산시키기에는 좋았다. 또한, 구경만 하는 것보
다 조금이라도 치는 게 도움이다. 히드라의 몸에 하나둘씩 상
처가 늘어나며 회복 속도가 눈에 띄게 느려졌다.
"왜 자꾸 나만 공격해, 이 새끼야!"

스톰 브링거 오의 : 토네이도 트위스트.

발끈한 라이세크의 몸이 고속으로 회전하며 거대한 폭풍

으로 변해 히드라의 살을 찢어발겼다. 어마어마한 고통에 기겁한 히드라가 남아 있는 독기를 전부 모아서 라이세크에게로 뿜어냈다.

퍼어어엉!

썩어도 준치라고, 히드라의 포이즌 브레스에 후려 맞자 라이세크의 토네이도 트위스트가 도중에 풀려 버렸다.

아무래도 레벨이 아직 230대이기에 버티기 어려웠나 보다. 독에 중독된 라이세크가 줄어드는 생명력에 기겁하며 회복 포션을 마구 복용했다.

확실히 멀리서 독기를 간접적으로 맞던 것과 브레스를 정통으로 맞는 것은 차원이 달랐다. 생명력이 줄어드는 속도가 네 배를 넘었다. 포션을 복용하지 않으면 30초 내로 강제 로그아웃이 될 만큼 위력적이었다.

소닉붐(sonic boom) : 전반 일식.
관천(貫天) : 하늘 뚫기.

퍼엉!

히드라의 육체 정중앙에 커다란 구멍이 뚫렸다. 이에 중심을 잡지 못하고 휘청거렸다. 사방팔방에서 달려드는 대륙십강 세 명을 약해진 몸뚱이로 상대하는 건 무리였다.

키아아아!

히드라가 울부짖었다. 못해도 머리 세 개의 힘을 하나로 모을 수 있었다면 놈들을 쓰러뜨릴 수 있었을 것이다. 두 개만 돼도 가능했을지 모른다.

불을 자유자재로 다뤘던 놈과의 격전에서 너무도 큰 힘을 소모하여 이렇게 껍데기만 남은 모습으로 변해 버린 게 너무나도 억울했다. 본체의 20%밖에 안 되는 약한 힘으로는 저들을 이길 수 없었다.

끄르르륵!

히드라의 두 눈에서 생기가 사라져 갔다. 이미 상처는 회복되지 않고 있었다. 사실상 라이세크를 향해 공격했던 브레스가 독기를 쥐어짠 마지막 공격이었다.

쿠웅!

뱀들의 왕, 나인 헤드 포이즌 히드라가 사망했습니다.

55급 퀘스트 뱀들의 왕을 완료하셨습니다.

경험치가 합산되어 +6레벨이 증가하셨습니다.

공적 2위를 하셨습니다.

포가튼 사가는 잡는 과정보다는 결과를 중요시한다. 그 때문에 결정적으로 숨통을 끊어 놓은 슈타이너가 공적 1위를 한 것 같았다. 3위는 라이세크 몫이다.

"와, 이 새끼 잡는 것도 이리 힘든데 형, 존경스러워요."

"본체를 대체 어떻게 잡은 거지?"

전투가 끝나자 바하무트가 그들의 곁으로 날아왔다.

히드라의 주검이 사라지며 열 종류의 아이템이 떨어졌다. 두 개가 히어로 아이템이고 나머지는 전부 유니크였다. 그야말로 대박 중의 대박이었다.

"이게 하트인가?"

[나인 헤드 포이즌 히드라 하트 5/5 : 히어로]

설명 : 뱀들의 계곡 전체를 다스렸던 머리 아홉 개 달린 히드라의 심장.

제한 : 1차 전직 이상(일회용), **종류** : 복용/영약.

근력 +50, 체력 +50, 민첩 +50, 지능 +50. 독속성 강화 + 50, 독속성 저항 + 50.

특수 옵션.

1. 중급 이하의 모든 독을 무시.
2. 좌절이하 모든 뱀 종류 몬스터의 선공 방지.

"와, 영약이네. 옵션 죽인다."

파티창으로 공유되는 히드라 하트의 옵션을 본 세 명의 눈이 빛났다. 일회용이라는 단점이 있었지만, 이것만으로도 정말 대단했다. 원래 영약은 영구적인 능력치 상승효과를 불러와 가격이 토가 나올 정도로 비쌌다.

구하기도 어려울뿐더러 어떤 영약이든 한 번 복용하면 몇 개월간 다른 영약을 복용하지 못한다. 히드라 하트는 영약 중에서도 최상급에 속했다. 적어도 개당 몇 억은 할 것이다.

"퀘스트에는 한 개만 가져와도 된다고 했으니까. 우리가 하나씩 먹자."

바하무트는 히드라 하트를 슈타이너와 라이세크에게 각각 하나씩 주고 자신도 하나 복용했다.

나인 헤드 포이즌 히드라 하트를 복용하셨습니다.

근력+5ㅁ, 체력 +5ㅁ, 민첩 +5ㅁ, 지능 +5ㅁ, 독속성 강화 +5ㅁ ,독속성 저항 +5ㅁ 증가하셨습니다. 중급 이하의 모든 독을 무시합니다.

좌절 이하 모든 뱀 종류 몬스터의 선공이 방지됩니다.

귓가에 울리는 알림음이 지금껏 했던 고생을 말끔히 날려 버렸다. 슈타이너와 라이세크도 기쁜지 활짝 웃었다. 레벨업을 하지 않고도 강해졌으니 당연하다.

"아이템 어쩌죠?"

"난 양심 있다."

라이세크도 사람인지라 떨어져 있는 아이템에 욕심이 생겼다. 그래도 양심이 있어서 가장 선택권이 적다는 것을 간접적으로 표현했다.

솔직히 바하무트가 잡은 것이나 마찬가지다. 정말 만들어진 밥상에 수저만 올린 꼴이었기에 선뜻 아이템의 소유권을 주장하지 못했다.

"일단, 히어로 아이템을 제외하고 유니크 중에 마음에 드는 것들 마음대로 골라라."

"정말요?"

"진짜냐?"

"응."

바하무트의 말이 끝나자 슈타이너는 마음 놓고 쇼핑을 시작했다. 삼 년 가까이 붙어 다녔기에 꺼릴 게 없었다. 반면 라이세크는 소극적으로 움직였다.

히어로 아이템에 가려져 있지만, 유니크 아이템 하나당 가격이 못해도 천에서 2,000만 원을 호가한다. 소극적이지 않은 게 이상한 거다.

"라이세크, 맘 놓고 골라라."

"그, 그러지."

보다 못한 바하무트가 한마디 했다. 슈타이너와 라이세크는 각자 세 개씩의 유니크 아이템을 골랐다. 슈타이너는 입이 찢어지라 기뻐했다. 라이세크도 별반 다르지 않았다.

"유니크 두 개는 내가 갖기로 하고, 히어로 아이템도 살펴보자."

[독사왕의 이빨 : 히어로]

설명 : 뱀들의 계곡을 지배하는 뱀들의 왕, 나인 헤드 포이즌 히어라의 이빨로 만들어낸 창, 그 가공할 독기는 영혼조차 중독시킬 정도이다.

제한 : 2차 전직 이상, 종류 : 창, 내구도 : 850/850, 공격력 2550~4300.

근력+150, 체력+150, 민첩+100, 지능+100, 독 속성 강화 +100, 독 속성 저항 +100.

특수 옵션.

1. 히드라의 맹독: 공격 시 5% 확률로 적을 히드라의 맹독 상태로 만든다.. 어마어마한 중독 데미지로 제정신을 유지할 수 없다.

2. 히드라의 분노 사용 가능(1/1) : 하루에 한 번 히드라의 분노 사용 가능, 히드라의 분노는 반경 백 미터를 녹색의 독기로 뒤덮는다. 그 반경 내에 있는 존재는 누구를 막론하고 독기를 피할 수 없다.

"으악! 창이다!"

최대 공격력이 4,300이었다. 슈타이너가 지니고 있는 유니크 창의 두 배 가까이 됐다. 더군다나 옵션은 더욱 뛰어났다.

히드라의 맹독은 말 그대로 히드라의 독에 중독된 효과가 있어 2차 전직 미만의 유저가 걸리면 그대로 사망이다. 설사 2차 전직 유저라도 빨리 회복시키지 않으면 얼마 버티지 못할 만큼 강력했다.

히드라의 분노는 독을 내뿜는 기술이다. 히드라의 맹독 효과를 광범위한 지역에 가져온다고 보면 된다. 독사왕의 이빨은 히어로 아이템의 위력을 여실히 보여줬다.

"너 가져."

"헉! 형 진짜예요?"

"응. 난 필요 없으니까."

"감사해요, 형!

슈타이너는 독사왕의 이빨을 넙죽 받았다. 바하무트는 슈타이너의 이런 점이 마음에 들었다. 한 치의 사심 없이 행동했다. 좋으면 좋고 싫으면 싫은 게 확실했다. 가식이 없다는 거다.

"그럼, 정산 끝인가?"

"괜찮나? 네 몫이 너무 적은데."

"나? 히드라 하트 한 개 더 가졌잖아."

바하무트는 고작해야 유니크 두 개를 가졌다. 남은 히드라 하트를 가졌어도 라이세크가 볼 때는 바하무트가 손해를 보는 느낌이었다.

"형, 제가 공적 1위인데 나중에 화속성 히어로 아이템 있으면 골라서 줄게요. 없으면 제 거고요. 크큭!"

"오케이."

"그러면 되겠군."

슈타이너는 공적 1위를 하여 히어로 아이템 한 개와 유니크 세 개, 백작의 작위와 영지를 하사받을 것이다. 이번 퀘스트의 최대 수혜자였다. 라이세크도 얼떨결에 따라와서 수억 원의 보상을 챙겼으니 아주 만족하고 있었다.

"오늘은 이만하고 내일 왕궁에서 만나자."

"콜! 내일 봐요."

"내일 보자."

슈슈슈!

슈타이너와 라이세크는 텔레포트 스크롤을 이용하여 먼저 사라졌다. 그들이 사라진 것을 확인한 바하무트는 품속에서 히드라 하트 한 개를 꺼내어 늪지대 가까운 곳에 내려놨다.

"다른 녀석들도 기회를 줘야겠지, 가능할지는 모르겠지만."

스슥!

알 수 없는 행동을 한 바하무트 역시 텔레포트 스크롤을 찢어서 사라졌다.

잠시 뒤.

부글부글!

키잉!

바하무트 일행이 사라지고 얼마 지나지 않아 늪지대에 거품이 생기며 거대한 생물체가 모습을 드러냈다. 그것은 히드라였다. 아직 어린 히드라인지 머리가 세 개밖에 없었고 덩치도 매우 작았다.

대충 바하무트의 본체 정도 되는 작은 크기였다. 히드라는 이리저리 주변을 둘러보다가 녹색으로 빛나는 히드라 하트의 앞으로 다가갔다.

꿀꺽!

그리고는 가장 큰 가운데 머리로 히드라 하트를 삼키고는 다시금 늪지대 속으로 들어가 버렸다.

바하무트는 격전 중에 늪지대 깊은 속에서 느껴지는 미약한 기운을 느꼈다. 강약의 차이는 있지만, 자신과 싸우고 있던 히드라와 같은 기운이었다.

싸움이 끝나고 용투기를 사용할 수 없어서 작은 히드라의 기운을 느끼지는 못했지만 분명 숨어서 지켜보고 있을 거라는 생각이 들었다.

히드라 하트는 다섯 개였다. 바하무트는 성체의 기운이 밀집된 것이니 도움이 될까 하고 하트 한 개를 작은 히드라의 몫으로 남겨놨고 작은 히드라는 그것을 삼키고 사라졌다.

바하무트의 선택은 옳았다. 성체 히드라의 하트는 작은 히드라에게 엄청난 도움이 되는 영약이다. 그의 선심 덕분에 몇 개월 후, 머리가 세 개에서 다섯 개로 늘어나게 되리라는 것까지는 모를 테지만.

바하무트는 다른 유저들도 히드라와 싸워봤으면 하는 생각에 작은 히드라를 살려줬다. 얻을 것을 얻었으니 굳이 죽일 필요는 없었다. 좌절 몬스터부터는 한 번 죽으면 재생성되지 않는다. 그들의 새끼나 같은 종족이 성장하지 않는 한, 죽으면 끝이었다.

작은 히드라도 죽였다면 뱀들의 계곡은 평범한 사냥터로 변했을 것이다. 그러나 살려줬기에 앞으로 몇 년이 지나면 다시금 성체 히드라의 위용을 되찾아 유저들의 간담을 서늘하게 만들리라.

8장
자격의 증명

다음 날, 약속했던 대로 왕궁에서 만난 바하무트 일행은 공
적 보상을 받으려고 루펠린 왕국의 국왕 펠젤루스 폰 슈르베
로츠를 찾아갔다.

언제나 느끼는 거지만 왕을 만나려는 절차는 매우 복잡했
다. NPC의 신분이 신분이니만큼 신중을 기한다는 것은 알고
있다.

그나마 지금의 절차도 라이세크와 바하무트가 루펠린의
귀족이기에 간편화된 것이다. 예전 오크로드 퀘스트에 대한
공적 보상을 받을 때는 게임 시간으로 한 시간 동안이나 별의
별 검사를 다했다.

"입궁을 허락하겠습니다. 따라오시지요."

199레벨의 시련등급 근위 기사 NPC 한 개 파티가 바하무트 일행의 주변을 둘러싸고 왕궁 내부로 안내했다.

바하무트가 평민이었을 때의 근위 기사는 반말을 달고 살았다. '입궁을 허락한다. 따라와라' 식으로 말이다. 새삼 귀족의 작위가 여러 방면에서 유용하다는 것을 실감하는 순간이다.

대략 10분 정도를 걷자 국왕이 머무는 궁전이 그 윤곽을 드러냈다. 포가튼 사가의 삼대강국 중 한 곳인 루펠린 왕성의 규모는 정말 어마어마했다.

혼자라는 가정 하에 안내하는 NPC가 없다면 오픈 맵을 켜서 돌아다녀도 헷갈릴 구조의 형태를 띠고 있었다.

"루펠린 왕국의 하사인 데 라이세크 백작이 입장합니다!"

"루펠린 왕국의 아마란스 디 바하무트 자작이 입장합니다!"

슈타이너의 아이디는 생략당했다. 아직 아무 곳에도 소속되지 않았고 작위도 없었기 때문이다.

그는 파티창으로 자기를 무시했다고 죽이겠다며 떠들었지만, 바깥으로 새나가진 않았다.

'적군. 모이는 숫자는 퀘스트 난이도에 관련된 게 아니란 소리네.'

길게 깔린 질 좋은 카펫이 끝나는 지점에는 높은 위치에서

만인을 굽어보고 있는 국왕이 앉아 있었다. 그 옆에는 차분하게 생긴 중년 사내가 서서 국왕을 보좌했다.

오크로드의 공적을 받으러 갔을 때는 수십 명이나 되는 귀족으로 북새통을 이뤘다. 그들은 왕국을 지켜냈다는 등의 수식어를 붙여 댔기에 짜증 날 정도로 시끄러웠었다.

하지만 지금은 다른 양상을 보였다.

아무래도 왕궁 내부의 자체 퀘스트를 해결해서인지 중요 인사 몇 명이 전부였다. 바하무트 일행은 국왕에게 형식적으로 예의를 차리면서 공적을 하나하나 받기 시작했다.

[바하무트.]

[왜?]

[국왕 옆에 있는 남자 보이지?]

뜬금없는 라이세크의 말에 바하무트가 살짝 눈을 돌려 차가운 인상의 중년인을 쳐다봤다.

국왕의 옆을 보좌하는 걸로 봐서는 대단한 인물 같은데 상황이 상황인지라 용투기를 개방하여 실력을 알아보기는 무리였다.

[저자가 루펠린 왕국의 울티메이트 마스터 중 한 명인 제라인 판 카팔리온 공작이다.]

[저자가?]

바하무트는 겉으로 표현하진 않았지만 내심 놀라며 카팔리온 공작을 유심히 살펴봤다. 그러고 보니 그의 머리 위로 이름과 레벨이 적혀 있었다.

340레벨 제라인 폰 카팔리온 공작.

그 외에 뚜렷한 특징은 보이지 않았다. 그냥 중심이 잘 잡혀 있다는 것과 검을 차고 있는 것을 제외하면 지나가는 NPC와 비슷했다.

'이런.'

카팔리온 공작과 눈이 마주쳐 버렸다. 울티메이트 마스터에 오른 지고한 존재가 자신을 관찰하는 시선을 느끼지 못할 리 없었다.

포가튼 사가에서 고위 귀족을 노골적으로 관찰하는 건 불경죄에 속한다. 간편한 인터페이스를 제외하면 이곳은 그들이 사는 진짜 세상이었다. 꼬투리를 잡는다면 벗어나지 못한다.

스윽.

다행히 카팔리온 공작은 바하무트에게서 시선을 돌렸다. 여전히 그들을 쳐다보고 있었지만, 특정 인물을 보는 게 아닌 전체를 보고 있었다.

그는 분명 자신이 관찰당했다는 것을 눈치챘다. 마음씨가 좋아서 그냥 넘어간 건지, 다른 꿍꿍이가 있는 건지 알 길이 없어 찝찝했다.

슈타이너는 무사히 히어로 아이템과 백작의 작위를 부여받았다. 그리고 사전에 바하무트에게 약속했던 대로 화속성

아이템을 찾으려 노력했다. 그러나 왕국에서 보유한 히어로
아이템은 세 종류로 모두 무속성 관련뿐이었다.

그렇기에 슈타이너는 자신의 기준에서 가장 좋아 보이는
것을 골랐다.

"바하무트 자작은 평민일 적부터 본 왕국에 큰 공적을 여
러 번 세웠군. 이번 공훈으로 자작 영지 두 곳을 지니게 된 점
과 그동안의 공적을 합하여 그대를 본국의 백작에 봉하노
라."

"감사하옵니다, 전하!"

현재 아마란스 영지는 바하무트가 내어준 100만 골드의 자
금으로 발전을 거듭했다. 한 단계만 넘으면 백작령이니, 거기
에 이번 공적까지 합쳐져 승작의 기회를 잡은 것이다.

"라이세크 백작."

"예, 전하!"

"이번에 남작 영지를 받으면 그대에게 속한 영지가 열다섯
개로군. 내 그대에게 후작의 작위를 수여하도록 하겠다."

'드디어! 후작까지 올랐다!'

그가 바하무트를 따라서 뱀들의 왕 퀘스트를 수행한 이유
가 여기에서 비롯됐다. 아이템도 좋지만, 승작이 더 중요했기
에 동행을 부탁했던 것이다. 하나의 영지만 더 얻으면 후작으
로의 승작이었다. 이제 후작이 되었으니 루펠린 왕국 내에서
큰소리 떵떵 칠 위치까지 오르게 됐다.

백작과 후작은 일 계급 차이임에도 많은 격차가 존재한다. 후작 계급부터는 파벌을 만들 수가 있는데, 귀족 중에서 자신을 따르는 자들을 모아 세력을 규합하는 게 가능했다. 이를 백작이 한다면 반역으로 간주되어 처형당한다. 여기서 정말 주의할 점은 처형이 유저들에게도 유효하다는 점이다.

유저가 처형을 당하면 캐릭터가 삭제된다. 각 나라의 최고 지휘권자만이 보유하고 있는 특권이었다. 물론, 아무렇게나 자기 하고 싶은 대로 휘두르진 못한다. 여러 가지 조건이 맞물려야 성립된다. 라이세크의 거센 바람 길드의 간부들은 전부 남작에서 자작이었다.

그들을 중심으로 파벌을 형성한다면 큰 세력을 만들 수 있었다. 바하무트와 슈타이너에게도 권유했지만 거절당했다. 바하무트는 귀찮다는 이유로 거절했고 슈타이너는 파벌에 들거면 바하무트 밑으로 들어간다고 해서였다. 아깝기는 해도 거절한다는데 뾰족한 수는 없었다.

공적 보상을 끝마친 바하무트 일행은 왕성을 빠져나갔다. 다들 만족한 표정임에도 유독 슈타이너만 볼이 빵빵하게 부풀어 좋지 않은 기분을 표출했다.

"형이랑 영지가 완전 정반대잖아. 환장하겠네."

슈타이너가 받은 영지는 바하무트의 영지와는 정말 극과 극, 정반대의 위치였다. 바하무트의 영지는 남부 지방 쪽이고 슈타이너의 영지는 북부 지방 쪽이었다.

이동하려면 워프 포탈을 몇 개나 갈아타야 할지 손가락으로 세기도 어려웠다. 바하무트의 영주성과 직행으로 통하는 워프 포탈을 설치하려면 못해도 수천만 원이 들어간다.

공돈이 들어가게 생겼으니 화가 날 만도 했다. 둘은 처음 만난 이후로 떨어져 본 적이 한 번도 없었다. 현실상에서 특별한 날이나 일이 있을 때는 어쩔 수 없지만, 가상에서는 언제나 함께였다.

"나랑 바꿀까?"

"너 형이랑 가까운 곳에 영지 있어?"

"하나 있다. 근데 남작령이다."

"상관없어. 그거랑 바꾸자. 남는 건 골드로 계산하고."

거센 바람 길드를 포함한 루펠린 왕국, 연합 길드 소속 백여 곳의 영지는 대부분 라이세크의 영지인 하사인 백작령 주변에 분포되어 있다. 세력을 키우는 데 흩어져 있는 것보단 뭉쳐져 있는 게 관리하기 편해서다.

그 탓에 다른 지역에 영지가 생기면 하사인 백작령과 가까운 곳의 유저에게 양해를 구하고 교환하거나 구매를 하는 식으로 세력을 넓혔다. 슈타이너의 영지는 하사인 백작령과 비교적 근거리에 위치한다.

백작령과 남작령을 바꾼다는 것 자체가 머리에 총을 맞아도 안 할 짓이다. 그러나 슈타이너에게는 관심 밖이었다. 그에게 중요한 건 바하무트와 가까운지 가깝지 않은지다.

"시세보다 좀 더 쳐주마."

"알겠다. 빠른 시일 내에, 알지?"

"삼 일이면 끝날 거다."

당사자끼리의 합의만 있으면 영지 교환은 쉬웠다. 그냥 양도 증서를 교환하고 영지 간의 가격 차이에 해당하는 결제만 해결하면 끝이었다.

다만, 백작령의 가격이 몇 배나 비싸므로 골드를 모아야 해서 삼 일이라는 시간을 번 것이다.

"이제 마무리만 하면 된다, 바하무트."

"응?"

"카팔리온 공작한테 가야 한다."

바하무트가 고개를 갸웃거렸다. 카팔리온 공작과 자신은 안면이 없었다. 얼굴 볼 이유가 없는데 가야 한다고 하니 의아할 수밖에.

"다모스 왕국 점령전 때문에 그렇다."

"왕국 점령이 왜?"

"말하지 않은 게 한 가지 있다."

라이세크의 설명은 간단했다. 다모스 왕국 점령전은 난이도가 SS등급이다. 성공하려면 적국의 울티메이트 마스터인 트가라드 판 그레우스 공작을 죽여야 한다.

루펠린 왕국의 울티메이트 마스터를 데려가지 않고 퀘스트 등급을 높이려면 자격의 증명은 당연한 순서다. 퀘스트 실패에 대한 페널티가 루펠린 왕국 영토의 30% 소실이니까.

라이세크는 자신의 독자적인 세력으로 전쟁의 수행 의사를 표명했다. 그러자 카팔리온 공작이 과연 자격이 되는지를 시험해 보겠다고 말했다. 쉽게 말하면 적국에는 호랑이가 버티고 있는데 이쪽에서 강아지를 내보낼 수 없다는 뜻이다. 그리되면 전쟁의 승패는 이미 결정 난 것이나 마찬가지다.

바하무트가 시험을 통과하지 못하면 퀘스트 등급이 두 단계 하락하여 카팔리온 공작이 강제적으로 참전하게 된다.

"어쩐지, 네 멋대로 결정할 수준이 아니라고는 생각하고 있었다."

"근데 형, 용족으로 현신 못하는데 괜찮을까요?"

3차 전직 유저라도 인간형으로 내는 힘의 한계는 명백하다. 이번 퀘스트는 인간들의 전쟁이기에 본체로 돌아가지 못한다. 당연히 카팔리온 공작과의 시험에서도 지금의 상태에서 싸워야 한다.

"이기라는 게 아니니 시험 정도는 충분할 거다."

카팔리온 공작은 340레벨이다. 본체라면 몰라도 인간형으로는 이기지 못한다. 아마 예상컨대 적정선이라는 게 존재할 것이다.

"어떤 식으로 진행되지?"

"자세히는 모르겠다. 솔직히 시험이라고 해도 그렇게 어렵진 않을 것 같다."

"어째서?"

"그레우스 공작은 고작해야 302레벨이다. 최약체야."

포가튼 사가의 시스템 설정상 그레우스 공작은 가장 늦게 울티메이트 마스터의 경지에 든 기사였다. 그에 비례하여 나이도 가장 젊다고 알려졌다. 약체라도 300레벨이 넘었으니 강할 것임은 분명하지만, 바하무트보다도 레벨이 낮았다. 더군다나 이번에 히드라 하트의 복용 효과로 능력치가 대폭 상승했다.

포사튼 사가는 1레벨당 +10의 능력치 포인트를 받는다. 능력치는 모두 다섯 개고 +50씩 증가했으니 족히 25레벨이 올랐다고 보면 된다. 실제로 바하무트보다 25레벨 위 캐릭터의 스텟과 똑같지는 않아도 어느 정도 준하는 수준에는 미칠 것이다.

레벨이 오를 때마다 부가적으로 생명력이나 마력이 소폭 상승하기 때문이다. 아무튼, 이런 상태라면 용족으로의 현신에 제한이 걸려도 해볼 만했다.

"302레벨이라."

다모스 왕국 점령전은 단체가 팀워크를 맞춰야 하는 전쟁이기에 최대한 개인 행동을 자제해야 한다. 바하무트와 슈타이너의 성격과는 맞지 않았다. 그래도 퀘스트를 수락한 이상, 총사령관인 라이세크의 의견에 따라줘야 했다.

적국에는 그레우스 공작뿐 아니라 다른 그랜드 마스터도

존재한다.

"직접 만나면 알게 되겠지. 일단, 시험인지 뭔지나 보러 가
볼까?"

"왕궁 비밀 연무장으로 가면 된다. 가자."

바하무트는 지금까지 용족을 제외한 다른 종족의 고레벨
NPC과 싸워본 적이 없었다. 그 때문에 얼마나 강할지 궁금했
는데 오늘 그 궁금증을 풀 수 있을 것 같았다.

*　　　*　　　*

라이세크가 안내한 곳은 왕궁의 지하 연무장이었다. 정식
귀족들만 사용할 수 있는 특수한 곳으로 외인의 출입을 엄중
히 금했다.

"전망은 좋군."

환상마법의 효과로 주변 환경이 개선되어 외부에 공개된
연무장보다도 시설이 좋고 깔끔했다. 바하무트 일행은 한참
을 걸었다. 몇 번의 경계를 넘자 서서히 발걸음이 느려졌다.

작위가 높을수록 연무장도 깊숙이 있는 듯했다.

"여기다."

라이세크는 다른 곳보다 화려하게 치장된 입구에서 멈췄
다.

"문이 세 개네?"

"가운데는 왕족 전용이고 양옆 두 곳은 울티메이트 마스터에 오른 두 공작이 사용하는 곳이다."

카팔리온 공작은 루펠린 왕국의 근위 기사단장으로서 항상 왕궁에 머물며 왕족을 보호하는 호위기사다.

또한, 그와 쌍벽을 이루는 다른 공작은 헬렌비아 제국과의 국경 부근에서 제국의 침공을 저지하는 수호기사였다. 그렇기에 루펠린 왕국을 지탱하는 두 개의 기둥으로 떠받들어져 왕족과 나란히 서는 것이다.

"들어가자."

드르르릉!

문은 라이세크가 손을 대자 아무런 저항 없이 부드럽게 열렸다. 본래, 연무장은 주인이 아니면 파괴하지 않는 한 외부에서 열지 못하는 구조를 지녔다. 이 현상은 카팔리온 공작이 여는 것을 허락했기에 가능한 일이었다.

"어서들 오게."

연무장 중앙에 서 있던 카팔리온 공작이 바하무트 일행을 보며 반응했다.

"공작각하를 뵙습니다."

라이세크가 그에게 예의를 취하는 모습을 본 바하무트는 슈타이너와 함께 고개를 숙였다.

'확실히.'

카팔리온 공작의 대해와도 같은 기도가 느껴졌다.

바하무트는 연무장에 들어서기 직전부터 용투기를 전개해 서로 간의 격차를 파악했다. 수치로 나타내지는 못하겠지만, 인간형을 기준으로 따지면 자신보다는 조금 강하고 벨케루다 인보다는 약했다. 정확한 것은 붙어보거나 전력을 내어봐야 알 것 같았다.

"히드라를 잡은 것은 그대인가?"

카팔리온 공작의 눈동자가 바하무트를 직시했다. 공적은 슈타이너가 가장 높았다. 그러나 내부에서 흘러나오는 가공 할 기운은 셋 중 제일이었다.

"슈타이너 백작이 잡았습니다."

바하무트는 장난기가 발동했다. 포가튼 사가의 퀘스트 보 상은 공적 시스템이다. 고레벨의 NPC들은 이 시스템으로 계 산되는 공적 순위와 진정한 실력에서 어떤 것을 우위에 놓는 지가 궁금했다.

"음! 분명 슈타이너 백작이 잡은 것은 맞네. 그런데 내가 느끼기에는 그대가 가장 큰 전공을 쌓았을 거라 생각되는 군."

'고레벨의 NPC는 공적보다는 진실인가?'

공적 순위 중요도가 절대적이지는 않다는 게 드러났다. 사 실 움직인 노력에 빗대어보면 바하무트가 공적 1위를 하는 게 맞다. 포가튼 사가는 과정이 아닌 결과를 최고로 쳐서 그 렇지, 이러니저러니 해도 히드라의 숨통을 끊은 슈타이너가 공적 1위인 것이다.

"글쎄요. 잡은 건 분명 슈타이너 백작이 맞습니다."

"그럼 그전에는?"

"제가 목 여덟 개를 자른 정도?"

"여덟 개라."

카팔리온 공작은 과거를 회상하는 듯 잠시 눈을 감았다가 떴다. 바하무트 일행은 본능적으로 그와 히드라 사이에 무언가가 있다고 생각했다.

"보신 적이 있으십니까?"

"음? 아아, 싸워봤다네. 그런데 지형 때문인지 도무지 치명타를 주지 못하겠더군. 결국 포기했지. 오만 대군 전부를 그곳에 묻고서."

과거 카팔리온 공작은 5만 대군을 이끌고 히드라를 죽이기 위해 출정했지만 실패하고 혼자서만 살아남았다. 그리고 그 일은 두고두고 가슴속에 화인처럼 맺혔다. 게임이라도 카팔리온 공작의 머릿속에 입력된 시스템은 진짜였다.

'아! 퀘스트 스토리인가?'

바하무트 일행이 동시에 같은 생각을 했다. 퀘스트 스토리는 유저들이 주기적으로 받을 수 있는 흔한 퀘스트가 아니다. 왕국 차원에서 직접 관리하기 때문에 이런 종류의 퀘스트를 깨면 나중에 중요 퀘스트를 선점할 자격을 준다.

뱀들의 왕을 처음 받는 유저는 라이세크였고, 그는 실패했다. 퀘스트 스토리인지 아닌지를 확인하는 가장 확실한 방법은 가장 밀접한 관계가 있는 존재와의 만남이다.

그런데 우연인지 필연인지 카팔리온 공작과 관련이 있는 듯했다.

"나를 제외하고 모두가 놈의 독기에 녹아내렸다네. 숫자로 밀어붙일 수 없는 종류의 몬스터였지. 안 그런가?"

바하무트가 고개를 끄덕였다. 히드라는 그처럼 강력한 존재가 단독으로 나서거나, 파티로 뭉쳐야 한다.

1, 2차 전직 유저들은 수천, 수만이 달려들어도 한 줌 독수로 녹아내릴 거다.

"여덟 개의 목을 자르다니, 여섯 개를 자른 게 전부였거늘."

"동료가 있었기에 가능했습니다."

"아니, 자네는 분명 혼자 싸웠어. 저 둘은 히드라의 독기를 버틸 수 없다네."

카팔리온 공작이 기억하는 히드라의 독기는 울티메이트의 경지에 오르지 못하면 버틸 수 없었다. 간접적인 독기라면 그나마 버티겠지만, 살상을 목적으로 대놓고 뿜어대는 유형화된 녹색 독기는 그랜드 마스터의 오러도 녹인다.

그가 직접 두 눈으로 확인했었다. 독기에 노출된 그랜드 마스터가 녹아내리는 모습을.

"알고 싶으신 게 무엇입니까?"

"그냥 사실을 알고 싶을 뿐이네. 중요한 일이니까."

바하무트는 히드라와의 격전을 사실 그대로 설명했다. 빨리 설명을 하고 다음 단계로 넘어가는 게 편해 보였기 때문이다.

"처음 제가 단독으로 히드라와 싸워 여덟 개의 머리를 잘랐습니다. 그 후에는 큰 부상으로 전투 불능 상태가 됐고, 히드라가 탈피했을 때부터는 슈타이너 백작과 라이세크 후작이 마무리를 지었습니다."

"그렇군. 그럴 줄 알았어."

이야기를 모두 들은 카팔리온 공작이 고개를 끄덕였다. 그는 진실을 들어야 했다. 그래야 바하무트를 그레우스 공작을 상대하기 위한 대항마로 내보낼지 말지를 결정할 수 있었다. 제아무리 그레우스 공작이 열두 명의 울티메이트 마스터 중에서 최약체라고 해도 경지를 넘은 자였다.

그를 상대하려면 무조건 같은 경지에 오른 강자가 나서야 한다. 히드라를 잡았다는 이유 하나만으로도 조건의 반은 충족됐다. 직접 싸워봤기에 그 괴물의 강함을 누구보다 잘 알았다.

"이게 그리 중요한 겁니까?"

"그레우스 공작을 상대하러 가는 게 장난이 아니니 중요하지."

퀘스트에 실패하면 루펠린 왕국의 국토가 30%나 소실된다. 그리고 적대 국가인 두 소국이 그 틈을 노려 국경을 침공한다.

NPC들이 이런 세세한 시스템까지 알지는 못해도 퀘스트의 중요도에 따라 느끼는 불안감의 정도가 천차만별로 달라졌다.

"그럼 끝난 겁니까?"

"아니지."

부아아악!

카팔리온 공작은 잠시 몸을 숙이는가 싶더니 순식간에 검을 뽑아 휘둘렀다. 슈타이너와 라이세크는 속도에 반응조차 못하고 굳어버렸다. 오직 바하무트만이 용투기를 두른 손으로 그의 검을 튕겨냈다.

쩌엉!

급히 끌어 올려서인지 바하무트의 손등이 찢어지며 피가 흘러내렸다. 그것을 본 슈타이너의 눈에 불똥이 튀며 공격하려는 찰나 바하무트가 제지했다.

"붙어보고 싶으신 겁니까?"

"그렇다네."

"모두 물러서라."

슈타이너와 라이세크가 바하무트에게서 멀찍이 떨어졌다. 300레벨이 넘는 괴물들의 싸움에 끼어들었다간 여파에 휩쓸려 개죽음을 당할 것이다. 그나마 연무장의 넓이가 상당해서 다행이었다.

콰드드드!

바하무트가 용투기가 요동쳤다. 연무장의 바닥이 갈라지며 돌가루가 풀풀 휘날렸다.

웅웅!

인간형으로는 지금의 상태가 전력이었다. 본체로 현신하면 지금보다 두 배는 강해지지만, 제약이 걸려 있어서 변할 수 없었다.

"대단하군. 하지만 좀 부족한데."

"사정이 있습니다."

"아닐세. 히드라를 상대하기 부족하단 뜻이네. 그레우스 공작과는 비슷하겠군."

"그럼 합격입니까?"

카팔리온 공작은 뽑았던 검을 집어넣었다. 애당초 기도를 시험해 볼 생각이었지, 싸울 생각은 없었다. 왕성 지하에서 울티메이트급에 오른 절대강자 두 명이 부딪히면 지반이 무너진다. 이곳은 혼자서 조용히 수련을 쌓기에는 좋지만, 일정 수준 이상에 오른 강자들이 대련하기에는 조건이 그다지 좋지 않았다.

"처음부터 확인만 하고 끝낼 생각이었네. 이곳에서 자네와 붙으면 왕성이 초토화될 것이야. 처형감이지."

"왠지 기분이 좋아 보이시는 것 같군요."

"당연하지 않은가? 본국에 울티메이트 마스터가 세 명인데."

포가튼 사가의 울티메이트 마스터는 열두 명이다. 그중 세 명 이상 보유한 나라는 대륙 최강국 헬렌비아 제국뿐이다. 그것도 무려 네 명이나 보유하고 있었다. 삼대강국이라 불리는 세 국가도 한 곳당 두 명씩 보유한 게 전부였다. 나머지 둘은 오소국 중에서 가장 큰 투스반 왕국의 공작과 포가튼 대륙을 정처 없이 떠돌아다니는 여행자로 구성됐다.

그런데 바하무트가 루펠린의 자작 작위를 받은 상태에서 3차 전직을 하여 울티메이트의 경지에 올라섰다. 이제 루펠린도 세 명의 절대강자를 보유하게 됐으니 그야말로 왕국의 복이 아닌가.

그가 이번 다모스 점령에 성공한다면 루펠린은 제국으로 성장할 것이다. 이미 눈치 볼 나라 따윈 없었다. 같은 강국에 속했던 다모스는 갈기갈기 찢겨 내전에 휩싸였다. 절대 예전의 강성했던 국력을 되찾지 못한다. 또한, 이번에 칼베인과의 새로운 동맹조약이 체결됐다.

두 국가 모두 이번 전쟁에서 승리하면 헬렌비아 제국과의 전쟁을 준비하기로 했다. 호시탐탐 대륙 전역을 넘보려는 그들 때문에 항상 전시 체제를 유지하고 있었기에 이참에 결판을 볼 심산이었다. 이번 칼베인 왕국과의 동맹체결 조건은 세 가지다.

첫째. 둘 다 승리했을 경우, 헬렌비아 제국과의 전쟁을 준비한다.

둘째. 한 곳만 승리했을 경우, 국력이 쇠락하지 않도록 지원을 아끼지 않는다.

셋째. 둘 다 패배했을 경우, 주변국의 침공을 힘을 합쳐 저지한다.

이번 다모스 점령이 성공한다면 전쟁의 규모가 달라질 것이다. 수십만 단위를 넘어 수백만에 달하는 초대군이 격돌할 게 분명했다.

SS+급의 퀘스트가 생성된 거라고 장담했고 어쩌면 SSS가 될지도 모른다. 헬렌비아 제국은 평시에 동원할 수 있는 병력만도 200만이 넘는 명실상부 초강대국이다. 전시 때는 어떻게 될지 알 수가 없었다.

그런 초강대국과의 전면전이라니.

포가튼 사가가 탄생한 이후로 처음 나타나는 에피소드가 될 가능성이 농후했다. 에피소드는 평범한 퀘스트 등급을 넘어 포가튼 사가 전체에 커다란 영향을 끼치는, 전설이 만들어지는 것과 비슷하다. 오픈 베타를 시작한 지 이제 삼 년이 다가온다.

슬슬 하나쯤은 시작될 때가 다가오긴 했다. 이미 다모스 왕국은 몰락 가도를 걷는 중이다. 이번 점령 퀘스트가 끝나면 어떤 형태로든 간에 대륙의 판도가 뒤바뀐다.

"점령에 성공하면 더 높은 곳으로 비상할 걸세."

"실패하면 나락이고요."

"자네가 그레우스 공작만 잡으면 끝나는 전쟁이라네. 복잡하면 복잡하고 간단하면 간단하지."

우두머리가 죽으면 몸뚱이는 저절로 죽게 마련이다. 이 왕자파의 핵심 인물은 왕자가 아닌 그레우스 공작이었다. 왕자는 그저 허수아비에 불과했다.

"그거야 뭐, 가보면 알겠죠."

"부탁하네."

이길지 질지 모르는 싸움이기에 확신할 수는 없었다. 그저 온 힘을 다해보는 수밖에.

"그럼."

간단한 인사를 끝마친 바하무트 일행은 연무장을 벗어났다. 이번 퀘스트는 정말 중요했다. 평소 등급만 높던 단발성 퀘스트가 아닌, 성공한다면 에피소드로 진화될 연장 퀘스트일 확률이 높았다.

솔직히 바하무트와 슈타이너는 실패해도 그게 그거였다. 작위와 영지가 몰수돼도 그러려니 하고 넘어갈 것이다.

똥줄이 타는 건 라이세크 혼자였다. 루펠린을 기반으로 삼았기에 타격을 받으면 거센 바람 길드를 포함한 연합 길드 전체가 휘청거린다. 아마 누구보다 성공을 기원하고 있을 터다.

"어떻게든 되겠지."

부딪혀 보기 전에 알 수 없는 일은 아무리 고민을 해도 헛짓이다. 결과는 부딪히면 저절로 알게 될 테니.

9장
전쟁 준비

Explosive Dragon King Bahamut

SS급 퀘스트 다모스 왕국 점령전을 일주일 앞둔 시점.

라이세크는 눈코 뜰 새 없이 바쁜 나날을 보냈다. 그는 루펠린을 거점으로 활동하는 거센 바람 길드를 포함한 연합 길드 전체에 병력 동원령을 선포했다. 소집 대상은 100레벨 이상의 모든 길드원이다. 그뿐만 아니라 퀘스트 공고를 왕국 전역으로 넓혀서 유저들에게도 기회를 제공했다.

입이 벌어질 보상에 눈이 먼 유저들이 사방에서 몰려들었다. 현재까지 모인 길드원과 유저의 숫자는 14만이다.

왕국에서 지원해 준 NPC 병력이 20만으로, 목표했던 40만의 병력이 구성되는 즉시 출정식이 진행될 것이다. 당연하게

도 이러한 현상은 내전으로 찢어진 다모스에서도 일어났다. 전쟁은 한쪽에서 벌이는 게 아닌, 양쪽에서 벌이는 거니까.

다모스쪽에서도 부족한 병력을 메우려고 대대적인 공고를 내렸다. 문제가 하나 있다면 상황이 순조롭지 않다는 점이다. 본래 다모스에서 유저 세력을 규합했던 존재는 타마라스다. 그런 그가 반란을 일으켜 검은 악마 길드를 이끌고 헬렌비아 제국에 붙어버렸다.

그 때문에 구심점을 잃어버린 유저들의 참여도가 무척이나 저조했다. 보상만 보고 달려들었다가 퀘스트가 실패하면 끔찍한 페널티만 부과된다.

이 정도면 기피할 만한 이유가 성립된다. 그렇기에 다모스 왕국의 NPC 병력 비중은 압도적으로 높았다. 추정 병력은 55만에서 유저까지 합세하면 60만도 가능하단다.

그나마 다행인 건 다모스 왕국이 내전 중이라는 것이다. 서로 간의 견제와 확보한 영토를 지키려면 일부 병력을 남겨놔야 한다. 그리되면 운이 좋다는 가정 하에 루펠린 왕국군보다 숫자가 적을 수도 있다. 유저 개개인의 실력이 NPC 병력보다 월등하다는 것을 생각해 볼 때, 우세를 점할지도 모른다.

최고 전력은 바하무트 일행과 카팔리온 공작이 붙여준 260레벨의 그랜드 마스터인 근위 기사부단장을 합한 네 명이다. 다모스 왕국 측에서는 그레우스 공작과 네 명의 그랜드 마스터가 출전한다. 숫자가 한 명 많다는 것을 제외하면 전체적인 수준은 바하무트 일행과 엇비슷했다.

"편제 상황은?"

"34코어까지는 완벽하게 끝냈습니다. 추가로 들어오는 유저들은 35코어부터 차례대로 배치될 예정입니다."

"예상 숫자는?"

"목표했던 40코어까지는 편제될 것 같습니다."

라이세크가 예상했다는 듯 고개를 끄덕였다. 각 길드의 정보 분석 팀에서 조사한 바로는 최소 38만에서 최대 41만의 병력이 동원될 것이란 결과가 나왔다.

그는 종합된 정보를 토대로 참모들과 상의하여 코어 속에 배치될 보직 등을 균등하게 분배시켰다. 군을 편제하는 데 무조건 전투병만 집어넣는 건 옳지 못한 행위였다. 워낙에 규모가 크다 보니 배치함에 골머리가 아팠다. 한 곳이라도 잘못 배치되면 전체의 균형이 어긋나 버리기에 신중에 신중을 기했다.

실제로 루펠린 왕국 연합 길드 소속이나 유저 중에는 현직 군인들과 비슷한 직종에 관련된 인물들이 적지 않았다.

라이세크는 그들을 길드 회의소로 데려가 군대의 편제나 보급 등을 담당하는 레이드장으로 임명시켰다.

게임이고 가상이지만 일도 해본 사람이 잘한다고 했다. 현실에서 군대 통솔과 여타의 경험이 많은 유저들은 그 특기를 살려서 일반인들보다 훨씬 빠르고 간결하게 전쟁 준비를 도와줬다.

"계속해서 보고하라."

"한 개 코어당 한 개 레이드에 속하는 보급과 의무를 포함한 각종 보조 보직 병력이 배치됩니다. 규모는 그들이 한 달간 생존할 수 있는 양입니다."

"전체 보급은?"

"코어 편제가 완벽히 끝나는 대로 남는 NPC 병력 전체를 보급으로 돌리려고 합니다. 확실한 것은 좀 더 지나봐야 알 것 같습니다."

유저들을 보급으로 돌리면 십중팔구는 반발한다. 전쟁을 통해 공적을 쌓고 경험치를 얻어야 하는데 뒤치다꺼리나 하라고 하면 불평불만이 난무할 것이다. 그렇기에 최대한 편제를 완벽히 끝내고 남는 소수의 NPC 병력을 보급 운반대로 만들 생각이었다.

"적국의 상황은?"

"검은 악마 길드가 헬렌비아 제국 쪽으로 거점을 옮겨서인지 유저들의 비중이 극도로 낮습니다. 레이드장으로 임명되는 유저도 몇 없는 실정입니다."

"귀족 중에 유저는?"

"없습니다. 이번 다모스 왕국과의 전쟁은 순수 NPC와의 전쟁이나 마찬가지입니다."

포가튼 사가의 팔대길드는 자신들의 세력권 내에 존재하

는 중소 길드들의 이득과 생존을 보장해 주고 품으로 거둬들인다. 그러나 타마라스의 검은 악마 길드는 그런 게 없었다. 다모스 왕국 전체를 자신들의 발아래에 두고 방해가 되는 다른 길드는 전부 몰아냈다.

몇몇 동맹 길드가 있었지만 죄다 비매너 플레이어가 만든 길드였다. 그들은 타마라스에게 충성했다는 걸 증명하듯 그가 제국으로 거점을 옮기자 한 치의 망설임도 없이 따라갔다.

무주공산(無主空山).

작금 다모스 왕국의 현실이다. 이제 그곳은 귀족 작위를 지닌 유저가 없는 유일한 나라가 돼버렸다. 퀘스트 공고를 보고 지원하는 유저들은 솔로 플레이를 즐기는 일반 유저뿐이었다.

대륙십강급에 오른 강자가 있다면 몰라도 기껏해야 199레벨에 오른 유저가 전부이니 고위직을 맡기는 어려웠다.

그나마 레벨이 높은 유저들은 파티장이나 포스장으로 임명됐고 정말 몇몇 극소수의 유저만 레이드장으로 임명되었다. 코어장 이상의 고위 인사는 전부 NPC로 이루어져 있었기에 이번 전쟁은 유저 대 NPC라고 해도 과언이 아니었다.

"그렇다고 무시할 수는 없지. 그들은 이곳의 주민이니까."

"어쩌면 더 어려운 전쟁이 될 수도 있습니다. 그림자를 심지도 못할뿐더러 그들에게 이곳은 현실이라 죽기 살기로 싸울 테니까요."

못해도 코어장은 되어야 중요 회의에 참석하여 귀중한 정보를 빼오는 게 가능하다. 그 이하로는 NPC로 구성된 상층부를 뚫을 방법이 없었다.

시간이라도 있다면 그림자를 보내 퀘스트를 완료하여 작위를 받거나 전공을 세우는 식으로 작업하겠지만, 시간이 부족했다. 하나하나가 인격을 지닌 인공지능 NPC라서 현실의 사람과 똑같이 생각하고 행동한다. 게임 속 인형이라고 무시했다간 전쟁에서 패배할 수도 있었다.

"자세한 병력 운용은 어찌 될 예정인가?"

"부사령관급 연합 소속 길드장들은 각자 오만의 병력을 이끌고 적의 좌우를 칩니다. 근위 기사부단장 제라스 백작은 진지에서 기다리다가 밀리는 쪽을 지원하며 연합 길드장께서는 중앙군 십만과 후방 주둔지 오만을 지휘하시면 됩니다."

현실에서처럼 머리를 싸매고 적의 생각을 꿰뚫는다는 심오한 전략은 필요 없었다. 수십만을 넘나드는 병력은 머릿수에 불과하다.

전쟁의 승패 여부는 오로지 바하무트가 그레우스 공작을 죽이느냐 죽이지 못하느냐에 따라 결정된다. 자신들은 들러리일 뿐이다.

"코어장 포함, 부사령관들이 도착했습니다."

"들어와라."

우르르르!

회의 시간에 맞춰 연합길드 소속 간부들이 들어왔다. 대륙 십강에는 오르지 못했지만, 모두 199레벨을 찍고 올 레어 아이템으로 도배한 고수였다. 그리고 그들 중에는 바하무트와 슈타이너도 끼어 있었다.

처음 라이세크는 둘에게 부대를 맡기려고 했다. 그러나 바하무트는 귀찮다는 이유로 거절했다. 병력을 맡으라니, 말도 안 된다. 그런 엄청나게 부담되고 귀찮은 일은 정말 싫었다.

"앉지."

커다란 테이블을 중심으로 수십 명의 유저가 자리에 착석했다. 착석한 자리 앞에는 다모스 왕국의 지도가 펼쳐져 있었다. 지형지물에 대한 설명이 자세하게 적혀진 걸로 보아 일종의 전술 지도였다. 바하무트와 슈타이너는 라이세크의 옆에 앉았다.

둘은 전술이고 전략이고 관심 없었다. 사전에 이야기해 놓은 것이 있으니 그것대로만 따르면 그만이다. 그럼에도 참석한 이유는 다른 유저들과 안면을 익히기 위해서다. 워낙 유명해서 둘의 이름은 모두 알고 있었지만, 얼굴을 모르는 유저는 많았다.

"회의를 시작하지."

라이세크의 발언을 시작으로 고위 간부들이 각자가 맡은 임무에 대해 설명했다. 주 내용은 편제된 코어의 숫자와 누가 어떤 코어를 맡을 것인지, 세부 편제는 어떻게 나뉘었는지,

보급물자의 분배와 전달은 어떻게 해야 효율적인지 등으로, 간편하게 진행됐다.

설명을 비교적 풀어놨기에 전술전략에 문외한인 바하무트와 슈타이너도 무슨 말을 하는지 알아들었다.

"소개부터 하겠다. 이쪽은 바하무트, 슈타이너라고 한다. 아마 모르는 사람들은 없을 거다."

"바하무트?"

"슈타이너? 설마?"

"폭룡왕? 황금의 학살자?"

"길드장! 정말입니까?"

반응은 덤덤한 유저와 놀란 유저, 반반으로 갈렸다. 사전에 미리 알고 있던 이들은 덤덤했고 몰랐던 이들은 눈을 동그랗게 뜨고 쳐다봤다. 포가튼 사가에서 가장 유명한 둘을 봤으니 오죽할까.

"준비도 준비지만 솔직히 말해서 이번 전쟁의 핵심은 그레우스 공작의 사살이다. 각 길드장과 간부들의 임무는 적의 선봉 이외의 병력이 집결하는 것을 막는 것이다. 놈들이 바깥으로 나올지 수성에 전념할지는 몰라도 만약 바깥으로 나온다면 내가 이끄는 중앙군이 적의 선봉과 정면에서 부딪힌다."

"하지만 마스터께서 그레우스 공작을 어찌?"

"맞습니다. 퀘스트 하락 없이 그대로 받지 않으셨습니까?"

"그레우스 공작은 바하무트가 단독으로 상대한다. 나와 제라스 백작이 적의 그랜드 마스터를 각자 한 명씩, 슈타이너가 두 명을 동시에 맡는다."

"황금의 학살자는 둘째치더라도 그레우스 공작은 300레벨이 넘은 울티메이트 마스터입니다. 아무리 랭킹 1위라지만 혼자서는……."

라이세크는 간부들의 심정을 충분히 이해했다. 그들의 말마따나 바하무트가 랭킹 1위라지만 그것은 어디까지나 유저의 수준에서다. 울티메이트 마스터는 유저와 수준을 달리한다.

그러나 곧 그들의 궁금증을 라이세크가 풀어줬다.

"바하무트는 3차 전직 유저로서 이미 300레벨이 넘은 지 오래됐다. 계획대로 그레우스 공작은 그가 단독으로 상대한다. 우리는 적의 주요 전력인 그랜드 마스터들이 바하무트에게 접근하는 것을 막는 거다."

"3차 전직!"

"맙소사."

"허, 정말 3차 전직이면 가능하겠군."

연합소속 간부들이 놀랐는지 저마다 한마디씩 내뱉었다. 자신들은 아직 2차 전직도 못해서 빌빌거리는데 누구는 벌써 3차 전직이란다. 그들도 나름의 고수라고 인정받는 유저다. 그런데 같은 캡슐에서 같은 시간을 투자하여 같은 플레이를 하는데도 차이가 벌어지니 자괴감이 들만도 했다.

"그만."

장내가 소란스러워지자 라이세크가 언성을 높이며 침묵시켰다.

"막상 전쟁이 시작되면 어떻게 될지는 나도 모른다."

한 호흡 가다듬은 그가 다시금 말을 이었다.

"적국의 상황은 타마라스가 빠져나간 이후로 유저들의 유입이 적다. 한마디로 NPC들과 싸운다고 보면 된다."

간부 모두가 고개를 끄덕였다. 이미 알고 있는 내용이었다.

"알아본 바로 적국의 병력은 우리보다 반 배가량 더 많다. 내부 치안에 힘써야 하기에 전부 투입하진 못하겠지만, 방심은 금물이다.

"그래도 수준은 우리가 위지요."

왼쪽 끝에 앉은 유저가 답하자 라이세크가 긍정을 표했다.

"맞다. 일반 병사보다는 유저의 수준이 높다. 여기서 주의할 점은 우리는 현실과 가상을 오고 가야 하지만, 그들은 여기에서만 살아간다. 전력의 공백을 들키지 않도록 주의해야한다."

NPC에게 로그아웃이란 존재치 않는다. 반대로 유저들은 밥을 먹기 위해서든 뭐든 로그아웃을 해야 했다.

40만 병력 중에서 반에 해당하는 대군이 유저다. 이 공백의 틈을 타서 공격당하게 되면 막대한 피해를 보게 될 것이다.

"그래서 알린다. 전쟁이 얼마나 길어질지는 몰라도 무조건 한 달 안에 완료해야 한다. 멋모르는 놈들은 게임이라고 손가락질해도 우리에게 있어서 이건 애들 장난이 아니다. 직장이며 생존이 걸린 문제다. 그러니 스케줄 표를 작성해서 제출하도록. 각자의 스케줄은 나만 열람할 수 있기에 외부로 유출되지 않는다. 그 표를 토대로 군대를 지휘할 책임자를 시간대별로 뽑는다."

중구난방 식으로 로그아웃하면 정작 중요한 순간에 군대를 지휘할 사람이 없게 된다. 최대한 군대가 원활하게 유지될 수 있도록 조치해 놔야 한다.

"스케줄 표는 오늘부터 내일 모레까지 받는다. 기한은 꼭 지켜주길 바란다. 이상!"

연합 소속 간부들은 이런 일에 익숙해서인지 회의가 끝나자마자 줄을 지어 스케줄 표를 제출했다. 여기 모인 유저들은 대다수가 포가튼 사가를 직장으로 삼는 이였다. 포가튼 사가는 현실과 1:1의 비율을 지닌다. 게임에서의 한 달이 현실의 한 달이라는 뜻이다.

그들이 한 달에 받는 월급과 수당은 대기업 직장인의 두 배가 넘는다. 생계가 걸려 있기에 장난으로 전쟁에 임하는 자는 단 한 명도 없었다. 다들 스케줄 표를 제출하고는 자리를 떴다.

바하무트와 슈타이너도 자리를 뜨려고 몸을 일으켰다.

"둘은 잠시 남아."

라이세크는 막 일어서서 나가려는 바하무트와 슈타이너를 불렀다. 둘에게는 따로 건넬 중요한 말이 있었다.

*　　　*　　　*

라이세크는 바하무트와 슈타이너를 데리고 전체 회의실을 빠져나와 자신의 전용 집무실로 향했다. 어디서 대화를 하든 상관없었지만 그래도 평소 익숙한 집무실이 편안했다. 들어가기 직전 부관에게 아무도 들이지 말라는 명령을 내려 방해받지 않을 상황을 만들어놨다.

"왜 남으란 거냐? 사냥 가야 하는데."

슈타이너가 퉁명스럽게 말했다. 그는 요즘 혼자서 레벨업에 힘쓰고 있었다. 얼마 전 뱀들의 왕 퀘스트를 깨고 290레벨을 넘겨 타마라스를 제치고 랭킹 3위에 올라섰다. 점령 전 퀘스트까지 일주일이 남았으니 남은 기간 열심히 사냥하면 못해도 2~3레벨은 더 기대해 볼 만했다.

바하무트는 그레우스 공작과의 대결을 생각하며 인간형 전투에 익숙해지기 위해 노력했다. 오르지도 않는 레벨업보다는 스킬 숙련도에 비중을 뒀다.

약한 몬스터는 인간형으로 많이 상대해 봤지만, 동급의 강자나 몬스터와는 한 번도 본체 이외의 모습으로 싸워본 적이 없었다. 용족은 현신에 의존하는 경향이 높아서 이번 기회에 그것을 줄여볼 심산이다.

"바하무트야 그레우스 공작을 상대하면 되니까 상관없고, 너 정말 그랜드 마스터 두 명을 동시에 상대할 거야?"

라이세크는 회의에서 결정됐음에도 내심 불안한지 입을 열었다. 다모스 왕국에서 출전하는 네 명의 그랜드 마스터는 전부 200~260레벨 사이였다.

숫자가 이쪽보다 많으니 누군가는 부담을 짊어져야 했고 그 역할을 슈타이너가 하기로 했다.

그랜드 마스터 두 명이면 대륙십강의 두 명과 똑같다. 슈타이너가 290을 넘었어도 이번 전쟁에서는 본체로 변하지 못한다. 그도 용족이기에 바하무트처럼 인간형으로 상대해야 했다.

"그게 유일한 방법이잖아. 네가 두 명 상대할래? 아니면 그 뭐더라? 근위 기사 부단장인가? 어차피 나 아니면 할 사람도 없던데."

"알다시피 너와 바하무트가 죽으면 퀘스트 실패 확률이 대폭 증가한다. 특히 바하무트가 죽으면 퀘스트 실패다."

"형이 질 리가 없다. 그리고 나도 걱정하지 마라. 이 몸은 말이야, 포가튼 사가 장비 랭킹 1위시다. 으하하하!"

"장비 랭킹?"

바하무트는 푼수처럼 웃어대는 슈타이너를 보며 고개를

절레절레 흔들었다. 장비 랭킹? 그딴 게 있을 리가 없다. 현재 슈타이너의 장비는 올 유니크로 도배하고 있는 바하무트보다 좋았다.

그것도 훨씬.

"내 무기가 독사왕의 이빨인 건 알지?"

"히드라 잡고 먹은 히어로 아이템이잖아."

"그렇지. 근데 이번에 공적 1위로 받은 아이템도 이 몸이 장착하고 있단 말이지."

"바하무트 주기로 한 거 아니었나?

독사왕의 이빨을 양보해 주는 대신 슈타이너가 받는 공적 아이템을 바하무트에게 넘기겠다고 약속했었다. 설마 어겼단 말인가?

"형에게 줄 화 속성 아이템이 한 개도 없더라. 그래서 제일 좋아 보이는 걸로 골랐는데 필요 없다고 해서 내가 끼고 있어."

라이세크는 진짜냐는 눈빛으로 바하무트를 쳐다봤다. 그에 바하무트가 어깨를 으쓱했다.

"능력치는 정말 좋더군. 하지만 나는 화룡에 용투사다. 화속성 강화가 절대적으로 중요해. 너희가 속성 강화를 하는 것보다도 훨씬 비중이 높다. 지금 추가 데미지가 들어갈 강화 수치를 정확히 맞췄는데 다른 장비로 교체하면 데미지가 줄어들 거다."

용족은 캐릭터를 생성할 때, 그러니까 태어나는 순간부터 속성이 정해진다. 그 때문에 속성 강화에 대한 비중이 타 종족보다 압도적으로 높다.

바하무트의 직업 용투사는 용투기를 이용한다. 용투기 또한 속성에 영향을 받아서 애써 맞춰놓은 화 속성 강화 수치를 낮추면 캐릭터의 밸런스 자체가 무너질 수도 있었다.

슈타이너는 속성 강화보다는 능력치 중점으로 캐릭터를 키웠다. 특히 민첩 하나만 놓고 보면 대륙십강의 유저 중에서 가장 높았다. 이번에 받은 히어로 아이템의 옵션은 정말 그를 위해 태어났다는 표현이 어울릴 만큼 딱 맞아떨어졌다.

"옵션 봐라. 장난 아니다."

[타이탄의 권능 : 히어로]

설명 : 지금은 그 모습을 찾기조차 힘든, 고대 거신족이라 불렸던 타이탄의 권능이 담긴 목걸이, 착용자에게 신력을 부여하며 그 힘은 천지를 붕괴시킨다.

제한 : 2차 전직 이상, **종류** : 목걸이, **내구도** : 500/500.

방어력+500, 근력+200, 체력+200, 민첩+100, 지능+100, 무속성 강화+100, 무속성 저항+100.

특수 옵션.

1. 착용 시 모든 능력치 20% 증가.
2. 거신강림 : 24시간은 기점으로 하루에 한 번 거신강림을 사용할 수 있다. 거신강림을 사용하면 10분간 전체 능력치가 20% 증가한다.

라이세크는 저절로 벌어진 입을 다물지 못했다. 동급의 아이템이라도 좋은 것과 나쁜 것으로 나뉜다. 그런 의미에서 타이탄의 권능은 히어로 아이템 중에서도 최상급에 속할 압도적인 능력치를 지녔다. 옵션 자체가 사기였다. 착용만 해도 능력치가 20%나 증가하고 특수 옵션까지 더하면 40%가 증가한다.

괴물이 되는 건 한순간이면 충분했다. 하루에 한 번이라는 횟수와 시간제한이 걸려 있었지만, 눈에 보이지 않았다. 왜 슈타이너가 본인을 보고 장비 랭킹 1위라고 말했는지 이해했다. 그는 이미 온몸을 유니크로 도배한 최고의 랭커다. 그도 모자라 히어로 아이템을 두 개나 장착했다.

"그랜드 마스터 두 명은 확실히 상대할 수 있겠군."

걱정이 씻은 듯이 날아갔다. 목걸이 하나로 본래의 능력이 급상승했다. 충분히 자기 몫을 하고도 남을 것이다.

"보자고 한 이유가 그건가?"

조용히 지켜보던 바하무트가 입을 열었다. 걱정할 만한 고민거리였으나 굳이 이것만 이야기하려고 불렀다면 왠지 모르게 허무했다.

"한 가지 더 있다."

"뭔데?"

"타마라스에 관한 이야기다."

"뭐?!"

라이세크의 입에서 타마라스의 이름이 나오기가 무섭게 슈타이너가 발작했다. 포가튼 사가 내에서 결코 공존하지 못할 둘은 불구대천의 원수였다. 얼굴이 마주치면 반드시 둘 중 한 명은 죽어야 한다. 그에게 있어 놈은 갈기갈기 찢어 죽여도 분이 안 풀릴 원수였다.

바하무트가 아닌 슈타이너가 3차 전직 유저였다면 그 즉시 검은 바람 길드와 전쟁을 벌였을 것이다.

"침착해."

"아, 씨발! 타마라스 개새끼. 내가 반드시 죽이겠어!"

타마라스를 향한 증오심의 원인이 어디서 비롯됐는지 아는 사람은 바하무트가 유일했다. 물론 타마라스 본인도 포함해서다.

"말해라."

발작하는 슈타이너를 자리에 앉힌 바하무트가 화제를 돌렸다.

"팔대길드에서만 돌고 있는 정보다. 100% 확실하지는 않지만, 신빙성은 있다."

애당초 타마라스는 죽은 자들의 왕국 퀘스트에서 성공하든 못하든 국왕을 죽일 계획이었다.

하나의 세상으로 불리는 포가튼 사가의 시스템을 교묘하게 역이용한 것이다. 당시의 국왕 다모스 폰 아카벨트 4세는 아달델칸에게 팔이 잘렸을 때 침투한 마기 때문에 지속적인 악몽을 수십 년간 겪어 생명력이 소진되던 상태였다. 쉽게 말하면 살날이 얼마 남지 않았다는 뜻이다.

몇 달 동안 세력을 넓히려고 고민하던 타마라스는 그것을 역이용해 국왕을 설득시켰다. 죽기 전에 복수하자는 식으로 그를 죽은 자들의 왕국으로 이끌었고 결국 국왕을 죽이는 데 성공했다. 그 여파로 내전이 일어났고 중소귀족들을 규합해 다모스 왕국 영토의 20%에 달하는 땅덩이를 삼켜 버렸다.

독립에 성공한 타마라스는 작은 뱀의 머리가 될 것인지, 큰 용의 꼬리가 될 것인지를 고민했고 방법을 찾아냈다.

"정말 미치도록 머리가 좋은 놈이다. 내전 발생 며칠 만에 헬렌비아 제국에 붙어버렸지. 처음 내전을 일으킨 이유는 자신만의 왕국을 만들기 위해서일 거다. 그런데 시간도 부족하고 여타 걸리는 사항이 생기자 한 치의 고민도 없이 그 거대한 땅덩이를 고스란히 갖다 바쳤다."

다모스 왕국이 삼분되자 타마라스는 비공식적으로 헬렌비아 제국을 직접 찾아가 속국을 자처했다. 그 누구도 예측하지 못한 빠른 결단이었다. 위기감을 느낀 이대 강국은 다모스 왕국으로 사신을 보내 속국 제의를 건넸지만 거절당했다.

"헬렌비아 제국은 괜히 제국이 아니다. 받은 만큼 보답하는 대국이지. 그 어떤 곳보다도."

타마라스는 자신이 얻은 작은 왕국을 통째로 갖다 바쳐 속국이 되었고 헬렌비아 제국의 귀족이 되었다.

"며칠 뒤에 녀석의 영지에서 공왕 즉위식이 진행된다."

"하! 미쳤네. 그 새끼가 공왕이라고? 공왕?"

속국이라 독립 왕국의 국왕은 아니다. 공왕은 한 국가에 소속되어 자치권을 인정받은 공작계급의 귀족이 세운 공국의 최고 통치자를 뜻한다. 따지고 보면 왕이나 공왕이나 똑같았다.

"너희는 귀족과 영지 개념에 대해 나보다 잘 알진 못하겠지."

라이세크가 그들에게 하고 싶은 말은 타마라스가 공왕이 됐다는 식의 간단한 이야기가 아니었다. 그는 영지 경영 경력만 일 년이 넘었다. 그렇기에 공왕이 주는 파괴력이 얼마만큼 막강한지를 너무나도 자세히 알고 있었다.

"자치권이 형성되어 자기 마음대로 군대를 양성하고 귀족을 임명하고 전쟁을 벌일 수도 있다."

"그렇지만 헬렌비아 제국의 속국으로 지정되어서 일반 왕국의 국왕보다는 약발이 떨어지지 않나?"

"일리 있는 말이다. 하지만 내 예상이 맞으면 타마라스 놈은 정말 천재다. 소름 끼칠 정도로."

헬렌비아 제국의 국력은 이대 강국을 합친 것보다 정확히 반 배는 더 강하다. 다모스 왕국이 건재했던 삼대강국 시절에도 그 어마어마한 덩치를 겨우나마 막아냈다. 그런데 다모스 왕국은 망하고 제국은 한층 더 성장했다. 그야말로 날벼락이 떨어진 셈이다.

"다모스 왕국의 몰락은 헬렌비아 제국의 국력을 강해지게 만든 결정적 요인이다. 심각한 위기를 느낀 이대 강국의 국왕들이 사신을 보냈지만 거절당했다. 그리고 남은 것은 강제적인 전쟁이지."

두 왕국이 모두 전쟁에서 승리한다면 국력이 헬렌비아 제국과 비슷해진다. 이게 무엇을 의미하는지 알겠는가?

"칼베인과 루펠린의 다모스 점령전이 실패하든 성공하든 또 다른 전쟁이 시작된다. 대륙 최강국인 헬렌비아 제국과."

그동안 겪어왔던 전쟁은 애들 장난으로 치부될 정도로 어마어마한 규모의 전쟁이 터질 것이다.

"그럼 타마라스도 참전하겠지. 헬렌비아 제국의 속국이란 명분으로."

당연한 말이건만 이야기를 듣던 바하무트의 머릿속으로 계속해서 경종이 울렸다.

"헬렌비아 제국과 전쟁을 치를 이대 강국에는 루펠린이 있다. 그리고 루펠린에는 너희가 있지."

"뻥 치지 마라. 그 새끼가 거기까지 계산했다고? 국왕을 암살했을 때부터 지금의 전쟁과 앞으로 일어날 전쟁까지 모두 그 새끼 머리에서 나왔다고? 그게 말이 돼? 그 새끼가 무슨 신이야?"

슈타이너가 흥분하며 라이세크를 몰아붙였다. 그럼에도 라이세크는 기분 나쁜 표정을 짓지 않고 말을 이었다.

"물어보지. 바하무트, 슈타이너 타마라스와의 사이가 그렇게까지 할 정도로 좋지 않나?"

"최악. 다른 단어는 생각나지 않는다."

계획을 짜내어 국왕을 죽은 자들의 왕국으로 보낸 다음 그를 암살하고 다모스 왕국을 내전에 휩싸이게 했다. 정작 일을 벌인 타마라스는 헬렌비아 제국의 속국을 자처하고, 제국의 국력 증강에 애간장이 탄 이대 강국이 다모스 왕국을 삼키려는 목적으로 전쟁을 선포한다.

성공하면 자신감을 얻은 이대 강국이 제국을 상대로 전쟁을, 실패하면 국력이 약해진 먹잇감으로 전락하여 눈치를 볼 것이다. 어쨌거나 전쟁이 벌어지면 타마라스의 참전함은 분명했다. 바하무트는 이 모두가 한 사람의 머리에서 나왔다는 게 믿어지지 않았다.

이 정도면 미래를 내다본 수준이다.

"더 무서운 게 뭔지 알아?"

"……."

"왕의 직책을 지닌 존재가 갖는 고유의 권능."

"처형이군."

유저들은 죽어도 레벨과 스킬 숙련도만 하락할 뿐 무한정 살아나는 불사신이다. 그러한 유저들도 한 번 당하면 영원히 게임을 접어야 하는 게 한 가지 있다. 바로 처형이다. 왕의 직책을 지닌 존재만이 사용할 수 있는 고유의 권능으로, 발동 조건이 까다롭지만 반란이나 전쟁 포로를 상대로 할 수 있었다.

"하하!"

처형에 당하면 캐릭터가 삭제된다. 용족이고 뭐고 상관없다. 그날로 끝이다. 바하무트는 루펠린의 귀족이다. 슈타이너도 마찬가지다. 전쟁에서 패해 왕성까지 함락되면 바하무트와 슈타이너는 전쟁 포로가 된다.

도망치거나 반항하는 것은 가능하다. 그러나 그때부터는 처형의 권한이 타마라스와 관련된 모든 존재에게 넓혀져서 누구에게든 죽으면 끝장이다.

"이거구나. 타마라스."

타마라스는 바하무트가 루펠린의 작위를 지니고 있다는 것을 눈치 챈 것이다. 그를 건들면 루펠린에서 가만있지 않는다. 검은 악마 길드가 아니라 악마 할아비라 해도 아무 소용 없었다.

독립해서 나라를 세웠지만, 소국의 국력으로는 강국을 상대하지 못함을 깨닫고 제국에 붙었다.

"형, 저 갑자기 오한이 드네요."

사실인지 아닌지는 모르지만, 너무나도 공교로웠다. 이번 다모스 점령전의 성공과 실패, 두 갈림길 앞에는 무수히 많은 경우의 수가 존재했다. 어떤 식으로든 문제가 발생할 느낌이 들었다.

그렇다고 져야 한다는 건 아니다. 둘 중 하나라면 반드시 이겨야 했다.

"무조건 이번 퀘스트 성공해야 한다. 지면 끝이야."

바하무트는 그냥 되면 되는 대로, 안 되면 안 되는 대로 하려 했다. 돈이 아까워도 그깟 귀족 작위, 얻으려면 언제든지 얻을 수 있었다. 그러나 이제는 상황이 달라졌다. 타마라스라는 변수에 의해서.

"악연이다 정말."

바하무트는 이 이야기의 끝이 어떨지가 궁금해졌다.

*   *   *

창밖의 하늘은 어둠침침했다. 떠 있는 별들을 보면 늦은 저녁인 것을 알 수 있었다. 현재 타마라스의 영지인 아반트 백작령에는 수십만의 병력이 주둔 중이었다. 모두 며칠 뒤에 진행될 공왕 즉위식의 보호를 위해서다.

"축하합니다! 마스터!"

"축하합니다! 마… 아니, 공왕 전하!"

검은 악마 길드의 십이간부가 공왕 즉위식에 대해 온갖 아부를 떨어댔다. 남들은 비매너 플레이어라 손가락질할지 몰라도 타마라스에게 붙음으로써 떨어지는 이득이 만만치 않았다. 게임 속에서야 이리 비굴하게 굴지만, 현실로 나가면 그들도 부자 소리를 듣는 성공한 인생이었다.

그저 더 강한 자에게 고개를 숙이는 약육강식의 논리에 따라 이리된 것일 뿐이다.

"시끄럽다. 모두 꺼져."

"네, 네!"

십이간부는 살기가 느껴지는 타마라스의 음성에 화들짝 놀라며 빠르게 집무실을 벗어났다. 서로 먼저 나가려는 티가 확 풍겼다. 타마라스는 신경 쓰지 않았다. 한두 번 본 상황이 아니라 감흥도 없었다.

정확히 삼 일 뒤에 공왕 즉위식을 진행한다.

헬렌비아 제국에서는 그의 공로를 인정해 속국의 맹약을 맺었다. 그리고는 갖다 바친 땅덩이 전체를 돌려주며 공왕의 직책을 부여했다. 제국의 사람이 된 만큼 그에 합당한 보상을 내렸다고 보면 된다.

아반트 공국.

오소국에 조금 못 미치는 국력을 보유한 타마라스만의 세상이다. 그렇다고 무시할 수준은 아니었다. 세력으로 따지면 포가튼 사가의 모든 유저 중에서 단연 으뜸이다.

"크크! 개새끼들, 루펠린의 귀족 작위를 지녔을 줄이야."

처음에는 계획대로 왕국을 세우려고 했다. 둘을 죽이는 정도면 그것으로도 충분하다는 생각이 들었다.

그런데 알아보니 바하무트가 루펠린의 귀족 작위를 받았단다. 작위를 얻는 족족 팔아치우던 놈이 왜 하필 그 순간에 국적을 선택했는지 화가 치밀었다. 슈타이너는 작위가 없었지만, 바하무트와 거머리처럼 붙어 다니는 놈이니 더 볼 필요도 없었다.

독립의 성공으로 작은 소국을 얻었어도 루펠린을 등에 업은 이상 건드는 건 불가능하다. 그 때문에 계획을 전면 수정했다.

헬렌비아 제국의 발바닥을 핥기로.

헬렌비아 제국은 그 자체만으로도 이미 대륙 최강국이다. 거기서 국력이 더 증가하면 위기감을 느낀 칼베인과 루펠린이 어떤 식으로든 움직일 거라 예상했다. 이미 다모스 왕국이 몰락하면서 제국과의 힘의 균형이 깨졌다.

넋 놓고 바라보다간 한순간에 집어삼켜지리라.

두 왕국은 국력을 높이려는 방안을 모색할 테고 역시나 기대를 저버리지 않았다. 다모스 왕국에 사신을 보낸 것이다.

"끝까지 멍청한 놈들이군."

다모스 왕국의 왕자들은 병신 중에 상병신이라 사신들의 제의를 무시했다. 능력은 쥐뿔도 없으면서 가지고 태어난 것만 자랑스럽게 휘두르던, 대가리에 똥만 찬 족속이었다.

방패라고는 두 명의 울티메이트 마스터밖에 없는 내분 국가가 이대 강국의 공격을 버티기란 요원하다. 헬렌비아 제국과 타마라스 본인도 그 정도는 알고 있었다. 중요한 건 맥없이 무너지느냐 발악하고 무너지느냐다.

"현실이나 가상이나 가진 놈들은 더 가지고 싶어 하지."

국력이 높아진 칼베인과 루펠린은 헬렌비아 제국을 상대로 전쟁을 벌일 것이다. 그리되면 헬렌비아 제국의 속국으로서 자신도 참전한다.

"히히히히! 처형시켜 주마! 캐릭터를 삭제시켜 버리겠어!"

놈들이 전쟁 전에 국적을 포기하지 않고 패배하면 귀족 작위의 역효과로 처형의 조건이 성립된다. 타마라스는 그 둘이 절대 국적을 포기하지 않을 거라고 장담했다.

결과는 끝나봐야 알겠지만 설사 그 과정에서 아반트 공국이 통째로 날아가도 둘을 죽일 수만 있다면 그따위 것들 수백 개를 날려도 기쁘게 웃을 수 있다.

"천천히 기다리자. 시간은 많아."

원하는 그림이 그려지기 전까지 못해도 일 년은 걸릴 것이다. 그럼에도 조급하다거나 하지는 않았다. 익을 때까지 익은 열매의 달콤함은 말로 설명하기 어려울 테니.

"하하하! 하하하하!"

그도 궁금했다. 이 이야기의 끝이 어떨지.

*   *   *

루펠린 왕국 소속 41코어의 어마어마한 대군이 평원으로 집결했다. 규모가 규모이다 보니 왕국 내부에서는 집결할 수 없었다.

출정식을 행하기 전, 총사령관 라이세크를 필두로 부사령관들이 휘하 코어장들에게 각자가 맡은 부대의 제반 사항에 관한 이상 유무를 점검케 했다.

명령은 밑으로 내려가 파티장들에게까지 하달됐다. 장난으로 떠나는 전쟁이 아니기에 실패한다면 막대한 타격을 입는다.

반드시라는 단어가 필요할 만큼 중요했다. 밑으로 내려간 명령은 아무런 이상이 없다는 의미를 실은 채 다시 위로 올라와 최초 명령자인 라이세크에게 되돌아왔다. 그것은 곧 출정의 시작을 알리는 신호탄이 됐다.

"출정한다!"

와아아아아아!

다모스 왕국의 국경까지 가려면 병사들의 평균 행군 속도로 계산했을 때 3~4일 정도가 걸린다. 라이세크는 무리해서 빠르게 진군할 생각이 전혀 없었다.

조금 늦게 도착해도 병사들의 상태를 최적으로 만들고 전쟁에 임할 각오를 하고 있었다. 어차피 늦는다고 해봐야 하루 차이였다.

쿵쿵쿵쿵!

대군이 진군하자 땅이 울렸다. 지금이야 일정한 발 구름 효과로 땅이 울렸지만, 잠깐의 시간이 지나면 다들 제멋대로 걷게 될 것이다.

포스장부터는 국가나 길드 차원에서 군마를 무료로 대여해 줬기에 편안한 이동이 보장된다. 골드에 여유가 있는 유저들은 스스로 걷기 귀찮아서 말을 구매하는 경우가 많았다.

말은 상당한 가격을 자랑하는 고가의 품목이다. 최하품도 100골드 가까이 한다. 혈통 좋고 훈련까지 받은 군마는 어지간한 레어 아이템과 맞먹었다. 코어장급의 유저들은 전부 혈통 좋은 군마를 타고 갔다. 그 안에는 바하무트와 슈타이너도 포함되어 있었다.

둘은 부대를 맡지는 않았지만, 부사령관의 직책이라 라이세크의 바로 옆에서 이동 중이었다.

"괜찮나?"

라이세크의 말뜻을 정확히 이해한 바하무트는 피식하고 웃었다.

"아반트 공국이라? 대단하긴 하더군. 유저 중에서 공국을 세운 것도 대단한데 그게 타마라스라니."

타마라스는 헬렌비아 제국에서 공작보다 위인 대공의 작위를 받았고 유저로서는 최초로 건국에 성공했다. 공국의 이름은 자신이 소유했던 아반트 백작령의 명칭을 따서 아반트 공국이라 명명했다.

"다들 절차를 밟아서 오를 생각만 했지, 그런 식으로 한 방에 위를 칠 줄은 누구도 예상 못했다. 나도 마찬가지고."

타마라스처럼 많은 것을 보유한 유저들은 겁이 많아진다. 좀 느리더라도 차근차근 공적을 쌓아 승작을 하여 세력을 넓히는 데 주력한다. 그런데 타마라스는 그런 절차를 무시하고 도박을 벌였다.

반란에 성공하면 왕이 되지만 실패하면 반란죄로 모든 걸 잃고 처형당한다. 졸지에 실직자 신세가 되어 나락으로 떨어지는 것이다. 타마라스는 지나칠 만큼 모 아니면 도라는 기준이 확실했다.

유저들이 반란을 몰라서 하지 않는 게 아니다. 알면서도 못하는 거다. 희박한 성공 확률에 기대기에는 너무나도 막연한 선택이다.

라이세크도 팔대길드의 하나를 이끄는 길드장이다. 그런 그가 봐도 타마라스는 정말 대단했다. 남들이 쓰레기라 헐뜯어도 그것은 인격적인 측면에서지, 단순히 능력 면에서만 볼 때는 배울 점이 많은 자였다.

"그 새끼 이야기 좀 그만해라."

가만히 듣고 있던 슈타이너가 불쾌한 표정을 드러내며 말했다.

"대체 너랑 타마라스 사이에 뭔 일이 있던 거지?

대놓고 물어보는 라이세크를 보며 바하무트가 손을 설레설레 저었다. 물어보지 말란 뜻이었다. 슈타이너도 대답할 생각이 없는지 듣고도 모른 척했다.

라이세크도 눈치가 있어서 두 번 물어보진 않았다. 굳이 캐물을 만큼 중요한 일은 아니기에 알려줘도 그만, 아니어도 그만이었다.

"전쟁은 얼마나 걸릴까?"

바하무트가 화제를 전환했다. 지금 중요한 건 전쟁이지, 타마라스가 아니었다.

"뭐라고 장담은 못하겠다. 그레우스 공작이 죽기 전에는 끝나지 않을 소모전이 계속될 테니까."

"소모전인가."

아마 다모스 왕국은 국경 부근부터 방어에 전념할 것이다. 본래 국경이란 적국의 침공에 대비하여 만들어진다.

많은 수의 병력을 상주시킬 수 있어서 수성에 유용하다. 상대해야 할 적은 몬스터가 아닌 NPC였다. 생각이 깊고 본능보다는 이성이 앞서서 유리한 고지를 점하기 위해 서슴없이 행동할 것이다. 자다가 야습을 당할 수도 있고 식수에 독이 타져 있을 수도 있다.

온갖 경우의 수가 난무하는 피곤한 소모전이 이어질 게 분명했다. 바하무트가 그레우스 공작을 빨리 죽일수록 전쟁도 빨리 끝난다.

그러나 그레우스 공작은 몬스터가 아니다. 죽을 것 같으면 도망칠 가능성도 배제하지 못한다. 유저들이 그레우스 공작을 죽이면 퀘스트가 끝나는 것을 알고 있듯이 그도 본능적으로 느끼리라.

자신이 죽으면 전쟁에서 패배한다는 것을.

"칼베인도 출정했다지?"

"녀석들은 울티메이트 마스터를 데려갔다."

"전력은 어떤데?"

3차 전직 유저는 바하무트가 유일하다. 당연히 칼베인 왕국에는 그 같은 강자가 없었다. 소문에 의하면 칼베인 쪽에서도 퀘스트를 하락시키지 않고 수행하려 했지만, 시험을 통과하지 못했단다.

그 때문에 울티메이트 마스터가 직접 나섰다. 퀘스트 등급은 바하무트 일행이 받은 SS에서 두 단계 하락한 S였다.

"비슷비슷하다. 굳이 따지면 쿠라이와 스라웬이 특별하기에 칼베인 쪽이 좀 유리하다고 볼 수 있지."

"하긴, 녀석들은 제약이 없으니까."

랭킹 5위 울프 로드 쿠라이와 랭킹 9위 뇌전의 군주 스라웬은 용족처럼 인간 세상에 관한 제약이 없었다. 본래의 모든 능력을 동원하여 싸울 게 분명했다. 아마 둘이서 힘을 합하면 동급의 그랜드 마스터 서너 명과 비슷할 것이다.

"걱정되나?"

라이세크는 바하무트를 살피다가 무언가를 골똘히 생각한다는 느낌에 이유를 물었다.

"걱정이라기보다는 부담이라고 해야겠군."

"부담?"

"이 많은 사람의 미래가 나에게 달렸다는 그런 것이라고 해야 할까?"

바하무트는 단체를 이끌어본 적이 없었다. 대부분 슈타이너와 둘이서만 행동했다. 죽은 자들의 왕국이나 뱀들의 왕 퀘스트처럼 특별할 때만 소수의 파티로 움직였다. 귀찮기도 했고 무엇보다 남을 책임지기 싫었다. 자기 앞가림하기도 힘든 판에 남까지 책임을 지다니.

"왠지 다신 안 하겠단 소리로 들리는군."

"응, 이게 마지막이다. 이걸 끝으로 나는 슈타이너와 둘이서만 행동한다."

"헬렌비아 제국과의 전쟁이 터져도?"

"그때야 이대 강국의 울티메이트 마스터와 머리 좋은 녀석들이 전부 뛰쳐나갈 테니 상관없지."

라이세크가 퀘스트의 주최자가 아니었다면 이곳에 따라오지 않고 언제나처럼 행동했을 것이다. 자신이 허락함으로써 퀘스트 난이도와 보상이 올라갔다. 엄밀히 따지면 보상 때문에 질질 끌려 온 것이라 봐도 무방하다. 옆에서 가는 슈타이너만 봐도 얼마나 적응을 못하는지 한눈에 들어왔다.

"이런 말 하기는 뭐하지만 넌 욕심이 없는 것 같군."

"욕심?"

"음! 명예, 권력, 돈 같은 거라고 할까? 레이드장만 해도 자리를 얻으려는 녀석들이 불나방처럼 달려든다. 그런데 너는 코어장도 아니고 무려 사령관급이야."

피식!

바하무트는 살며시 웃었다. 비웃는 투는 아니다. 그냥 헛웃음에 가까웠다. 사람의 성향이 모두 다르듯이 자신 같은 사람도 있는 법이다. 라이세크는 순전히 혼자의 기준에서 생각하고 있었다.

"넌 포가튼 사가로 돈을 벌기 전에 뭘 했지?"

뜬금없는 물음에 라이세크가 말했다.

"나? 그냥 평범한 회사원이었다."

"나는 현실에서는 네가 말한 것들을 모두 가진 사람이다."

"그… 런가?"

라이세크는 바하무트의 말을 자랑으로 듣지 않았다. 뜻 자체는 자랑에 가까웠지만, 말투는 아니었다.

"별거 없더라. 만약 그러한 것을 누리고 싶으면 현실에서 누리면 된다. 게임에서만큼은 그냥 자유롭게 다니고 싶다."

"가진 자의 여유란 소린가?"

"부정하지는 않겠다. 너는 그 자리가 새롭고 신선하겠지? 나에겐 똑같다. 겪어봤고, 앞으로도 겪을 테니까."

솔직한 심정으로 라이세크는 길드로든 친구로든 도움이 되는 쪽으로 그를 끌어들이고 싶었다.

그만 옆에 있다면 포가튼 사가 최고의 세력을 구축하는 건 일도 아니다. 타마라스가 세운 공국을 넘어 왕국, 제국도 세울 수 있을 것이다. 그런데 바하무트는 그런 것에는 하나도 관심이 없어 보였다. 그는 현실에서부터 가진 자였다. 이미 겪어봤기에 흥미를 잃은 것이다.

살아온 환경 자체가 달랐다. 서로 간에 중시하는 기준점의 차이는 무엇으로도 메우지 못한다.

'어쩔 수 없지.'

라이세크는 군마 위에서 주변을 훑어봤다. 수십만 대군이 자신의 뒤를 묵묵히 따라오고 있었다. 손을 들어서 멈추라고 하면 한 치의 머뭇거림도 없이 멈출 것이며 어떤 명령을 내려도 토 달지 않는다.

현실에서는 불가능했던 모든 일을 가능하게 만드는 가상의 세계.

포가튼 사가의 유저 사이에서 팔대길드 수장들의 위치는

왕과 같았다. 그들은 큰 부를 축적했고 지금도 조금씩 늘어나는 중이다.

절대로 벗어날 수 없는 마약.

이런 마약 속에서 바하무트와 슈타이너는 자유로움을 찾아다녔다.

"나와는 다르군."

"넌 지금도 좋은 수장이다."

"좋은 수장이 뭐지?"

"생각하기 나름이지. 내가 생각하는 지도자, 아! 현실의 CEO 정도로 할까? 그런 사람에게 필요한 건 눈이다."

"눈?"

수장은 언제나 침착하고 냉철해야 하며 편견을 가지지 않고 중간자의 관점에서 볼 줄 알아야 한다. 눈이 한쪽으로 치우치면 제대로 된 판단을 하지 못한다. 처음 어긋나기는 어렵지만 시작되면 끝도 없다.

"너무 깊게 생각할 필요는 없다. 가는 길이 다를 뿐이니까."

"넌 포가튼 사가에서 뭘 보려고 하지?"

라이세크는 자신만의 제국을 건설하고 싶었다. 노력하고 노력하여 후작의 작위까지 얻었다. 이번 전쟁에서 공적 순위 안에 들어 큰 공을 세우고 좀 더 노력한다면 공작의 작위도 노려볼 만했다.

그렇게 조금씩 커나가서 정점을 찍는 게 목표였다. 그럼 자유를 갈망하는 바하무트의 목표는 뭘까? 문득 궁금해졌다.

"나? 난 진정한 왕으로 불리는 것."

"그 말은 너도 국가를 건설하겠단 소리냐?"

바하무트는 고개를 저었다. 그가 말하는 왕은 인간들의 국왕을 뜻하는 개념과는 달랐다.

용족에서 단 일곱 명만이 지닐 수 있는 특수한 직책.

400레벨이 넘어야 도전할 수 있는 칠대용왕의 자리를 뜻했다. 유저들이 폭룡왕이라고 떠받들어 주지만, 정작 용족 내부에서는 백팔전룡의 폭전룡일 뿐이었다.

"하! 칠대용왕이라. 가능하긴 한 거냐?"

"나도 본 적은 없다. 용왕대전까지 갈 계급도 안 되니까. 들기로는 완숙한 노룡이라고 했으니 적어도 450레벨은 넘겠지."

"짐작도 안 되는 레벨이군."

"일단 퀘스트가 끝나면 장군 시험을 볼 생각이다."

바하무트는 다모스 왕국 점령전이 끝나면 삼십육 용장군 시험을 볼 생각이었다. 차례차례 직책을 타고 올라가야 칠대용왕 시험 자격을 준다. 2차 전직 시험보다 폭전룡 시험이 배는 어려웠기에 이번에도 비슷할 것이다.

"길은 달라도 목표는 같군. 최고가 된다는 것."

"다 그런 것 아닐까?"

이런저런 이야기를 하며 이동해서 그런지 시간이 빨리 갔다. 해가 지기 시작했고 지는 해를 따라 어둠이 조금씩 다가왔다.

"오늘은 여기서 쉰다."

라이세크의 명령이 떨어지자 진형이 바뀌었다. 유저들은 군대의 정중앙으로 들어가 막사를 지었고, NPC 병력은 중앙을 보호하는 형태로 막사를 지었다. 현실과 가상을 오고 가는 유저들의 특성상 이런 형태의 진형은 필수였다.

"음?"

바하무트는 주둔지가 지어지는 것을 구경하던 도중 저 멀리서 뿜어지는 거대한 기운을 느꼈다. 몬스터인지 뭔지는 거리가 멀어 분간하기 어려웠다. 확실한 것은 힘의 크기로 볼 때 아달델칸보다 강하다는 것이다.

"왜 그러지?"

멀뚱히 서 있는 바하무트의 행동이 이상했는지 라이세크가 물어봤다.

"아니다."

"막사는 곧 지어질 거다. 편히 쉬어라."

"내일 보자."

바하무트는 계속해서 느껴지는 기운이 왠지 찝찝했기에 확인해 보기로 마음먹었다.

*   *   *

파파파팟!

주둔지를 벗어난 바하무트는 기운이 풍겨오는 곳을 향해 빠르게 내달렸다. 완전한 인간 상태라 날개가 사라졌기에 비행은 불가했다.

저 멀리 뒤에는 슈타이너가 따라붙어 있었다. 친구나 파티가 300미터 안으로 들어서면 알림음이 울리는 것처럼 벗어나도 똑같이 울린다. 오픈 맵을 활성화시키면 어디로 어떻게 이동하는지 경로까지 뜬다. 그러니 굳이 말해줄 필요도, 물어볼 필요도 없었다.

멈칫!

"끊었군. 온 걸 알았단 뜻이겠지."

계속해서 풍겨오던 기운이 순간 뚝 하고 끊겨 버렸다. 지금 바하무트의 눈앞에는 자그마한 숲이 자리 잡고 있었다. 이 안으로 들어가 보면 볼 수 있을 것이다.

사람이든 괴물이든 뭐든 간에.

"형."

"왔어?"

잠시 멈춰서 생각을 하던 바하무트는 자신을 부르는 소리에 반응했다. 곧장 뒤따라온 슈타이너였다.

"여긴 왜 왔어요?"

"확인하러."

"확인이요?"

아무래도 무작정 뽑아낸 기운이 아니라 같은 경지에 오르지 않았다면 느끼지 못하도록 조절한 듯 보였다. 이것만 봐도 숲 내부의 존재가 슈타이너보다 강하다는 것이 증명됐다.

"가보자."

샤샤샤삭!

나뭇가지들을 헤치며 들어가자 육체가 쓸리면서 소리가 났지만, 신경 쓰지 않았다. 숨어서 볼 생각도 없었고 궁금해서 온 거였다. 그리고 상대 쪽에서도 이미 알고 있을 것이다. 숲의 규모가 크지 않아서인지 금세 중앙에 만들어진 자그마한 공터에 도착했다.

자연적으로 만들어진 공터가 아니었다. 반경 십여 미터 공간을 일시에 베어내서 만든 인위적인 공터였다. 섬세하게 잘린 흔적으로 보아 상대는 검을 사용하는 인간이다.

"없는데요?"

슈타이너는 주변을 둘러보며 말했다. 그의 눈에는 아무것도 보이지 않았다.

"아니다. 저 앞에 있어."

바하무트는 달빛이 들지 않는 어둠 속을 직시했다. 정체불명의 존재는 그곳에 숨어 있었다.

모습과 기척을 완벽하게 숨겼지만 한공간 속에 있다는 이

질적인 느낌이 피부에 와 닿았다.

"나와."

부스럭!

나뭇잎이 밟히는 소리와 함께 슈타이너가 뒤로 물러나며 독사왕의 이빨을 꺼내 들었다. 소리 따위에 놀란 게 아니다. 상대가 움직이는 순간 상대의 강함을 감지하고 거리를 벌린 것이다.

그나마 이것도 슈타이너의 수준이 높음에서 생기는 현상이다. 라이세크였다면 경계를 했을지언정, 상대의 기운을 파악하지 못하고 당황했을 것이다.

"카팔리온도 왕성에 남았고, 라파드도 헬렌비아 쪽 국경 부근에 뿌리박아 루펠린이 미친 줄 알았는데 착각이었군."

"그레우스 공작인가?"

"그렇다."

어둠에 가려졌던 그레우스 공작의 모습이 달빛 아래에 드러났다. 얇은 가죽 갑옷에 기품이 느껴지는 행동을 제외하면 별다른 특징은 없었다.

"적진의 코앞까지 웬일이지?"

"아아! 겸사겸사, 그나저나 루펠린은 복도 많군. 새로운 울티메이트 마스터가 탄생하다니."

비아냥거리는 말투가 아니었다. 이유 모를 허탈함이 섞인 그런 말투였다.

'302레벨이라.'

바하무트 본인보다 10레벨 정도가 낮았다. 히드라 하트까지 복용했기에 능력치 차이가 크게 날 테지만, 본체로 현신하지 못하는 제약에 걸려 딱히 유리하다고 보긴 어려웠다.

"내가 지면 루펠린은 비상하겠군."

"그렇겠지."

루펠린 왕국은 두 명의 울티메이트 마스터를 보유했다. 바하무트는 유저라도 루펠린의 귀족이다. 이대 강국이 점령전 퀘스트에 무사히 성공하면 그 포함 다섯으로 늘어 헬렌비아 제국보다도 한 명이 많아진다.

"결론이나 말하지?"

상황을 주시하던 슈타이너가 쌀쌀맞게 대꾸했다. 그레우스 공작의 의도를 모르기에 이것저것 재는 것보단 직설적으로 물어보는 게 현명했다.

"제법이군. 아주 완숙한 경지에 올랐어."

"내 동생이다."

그레우스 공작의 표정이 흔들렸다. 그의 시선에 보이는 금발의 사내는 그랜드 마스터 중에서도 아주 완숙한 경지를 이룩했다.

깨달음(3차 전직)만 얻는다면 그도 경지를 넘어설 것이다. 루펠린 왕국에는 인재가 너무나도 많았다.

'루펠린은 이렇게 크고 있는데.'

삼분된 순간부터 다모스 왕국은 몰락했다. 왕국의 귀족들은 타마라스를 욕하기 바빴지만, 그레우스 공작이 보는 타마라스야말로 다시 보기 힘들 희대의 간웅이었다. 반란도 능력이다. 능력이 없는 자가 반란을 꾀하면 다가올 미래는 파멸뿐이다. 그런데 놈은 보란 듯이 성공했다.

그리고는 헬렌비아 제국의 속국으로 들어가 아반트 공국을 건국했다. 대단한 놈이었다.

"찾아온 이유는 그저 날 보기 위해서인가?"

"선물을 주기 위해서지."

그레우스 공작이 장난스럽게 웃었다. 그 웃음에서 바하무트는 원인 모를 위화감을 느꼈다. 말장난 따위를 받아줄 생각은 없었기에 강하게 나가기로 했다.

쿠우우웅!

그는 예고도 없이 용투기를 전개했다. 무슨 생각을 하는지 속내를 알진 못해도 하나만 잊지 않으면 된다. 그레우스 공작은 적의 총사령관이며 이곳에서 죽일 경우, 전쟁이 종결된다는 것을.

"죽여주마."

폭화 언령술 : 이 조합 스킬.

날카로울 예(銳), 불 화(火).

예화(銳火) : 날카로운 불꽃.

슈아아앗!

얇고 가느다란 불꽃의 칼날이 그레우스 공작의 전신을 향해 날아갔다.

티티티팅!

그레우스 공작의 검집에 잠자고 있던 검이 뽑히며 날아오는 예화의 불꽃 칼날을 모조리 튕겨냈다. 일격에 쳐내는 솜씨가 예사롭지 않았다.

"환영 인사치곤 너무 가벼운데?"

"미안하군. 제대로 해주지."

폭화 언령술 : 사 조합 스킬.

큰 대(大), 뜨거울 염(炎), 임금 왕(王), 주먹 권(拳).

대염왕권(大炎王拳) : 거대한 염왕의 주먹.

"장난이 아니군."

전방에서 생성되는 거대한 불 주먹을 목격한 그레우스 공작이 엄습하는 열기에 정신을 바싹 차렸다.

쿠아아앙!

공터 전체를 뒤덮을 크기의 대염왕권이 곡선으로 휘며 그레우스 공작이 서 있던 지면을 강타했다. 그 여파로 발생한 폭염의 파도가 숲 전체를 불바다로 만들었다.

폭발로 생긴 굉음이 고요한 정적을 깨뜨렸다. 그 때문에 주둔지가 소란스러워지며 근원지를 향하려는 움직임이 포착됐다.

"이것 때문에 왔나?"

"미안하네. 하지만 어쩔 수가 없었어."

불바다 너머 흐릿하게 보이는 그레우스 공작의 표정은 착잡했다. 뜨거운 불꽃이 둘을 가로막고 있었지만, 그들에게 이 정도의 열기는 무의미했다.

"당했군."

"다음에 볼 땐 둘 중 하나가 죽겠지."

원하던 목적을 이룬 그레우스 공작이 몸을 돌려 자리를 피했다. 그리고 얼마 지나지 않아 바하무트의 감각에서도 사라졌다.

"이길 수 있겠어요?"

옆에서 둘의 전투를 지켜봤던 슈타이너가 한마디 했다.

"나랑은 정반대 스타일이라 제대로 붙으면 짜증 좀 나겠더라."

그의 검은 빠르고 부드러웠으며 변화도 극심했다. 마치 이사벨라를 보는 느낌이 들었다. 정면에서 상대를 압박하는 자신과는 반대라서 붙으면 어떻게 될지 단정 짓기가 모호했다.

"형, 가죠."

"응."

말발굽 소리가 점점 가까워졌다. 귀찮은 것은 딱 질색이
다. 빨리 자리를 떠야 했다.

"라이세크는 알아보겠죠?"

"물어보겠지. 그 녀석한테만 간단히 설명하자."

숲 쪽으로 달려온 유저들이 전투의 흔적을 라이세크에게
보고한다면 분명 알아챌 것이다. 그나마 그에게만 보고하면
제 선에서 해결해 줄 테니 다행이라면 다행이었다.

"가자."

"네."

말을 끝낸 슈타이너가 먼저 몸을 뺐다.

뚝뚝!

"이거야 원."

바하무트는 피가 흐르는 오른손을 쳐다보며 난감한지 혀
를 찼다. 상처를 입어서 그런 게 아니다. 포션 하나 빨면 될
일에 군이 혀를 차겠는가? 조금 전에 들려왔던 알림음이 심기
를 어지럽혔기 때문이다.

강력한 마력이 항마력을 뚫고 들어왔습니다.

센스 마법이 강제적으로 활성화됩니다.

마법의 시전자는 5ㅁㅁ미터 반경에 존재하는 당신의 기척을 느낍니다.

2ㄱ일 2ㅋ시간 5ㄱ분 후에 효과가 사라집니다.

퀘스트의 종료 기간에 맞춰서 끝나는 한 달 기한의 추적 마법이다. 이는 처음부터 노렸다고밖에 안 보였다.

"어찌할까?

라이세크가 알면 길길이 날뛸 게 눈에 선했다. 생각지도 못할 일에 머릿속이 복잡해졌지만, 차근차근 풀어봐야겠다.

과연 어떻게 행동하는 게 퀘스트에 도움이 될지를.

*   *   *

"간단하면서도 복잡하군."

바하무트는 어제 저녁의 일을 상기했다. 대염왕권을 피하면서 휘두른 그레우스 공작의 공격이 오른팔을 살짝 베고 지나갔다.

상처를 입었으니 생명력이 줄며 피가 새어 나옴에도 내색하진 않았다. 둘 다 이런 걸로 우쭐대거나 기가 죽을 부류가 아니었다. 바하무트의 머리를 아프게 만드는 이유는 정작 따로 있었다.

'용투기를 뚫고 들어올 줄이야.'

약한 공격이라고 생각해서 피하지 않고 일부러 맞았다. 그런데 용투기를 뚫고 들어와서 상처를 냈고 그 속에 추적 마법을 새겨놨다.

용투기를 과신한 결과였다. 고레벨의 NPC나 몬스터, 혹은 유저들은 항마력 보정으로 유해한 마법을 새겨 넣는 게 어렵다.

바하무트는 모든 종족 가운데 항마력이 가장 높은 용족이다. 그도 모자라 300레벨을 넘겼다. 외부보다 내부의 항마력이 약하다지만 그에게 장시간 추적 마법을 강제로 새길 마력의 양과 재료라면 마법을 검에 새기는 데만 적지 않은 노력을 들였을 것이다.

바하무트 본인이 재수 없게 걸렸을 뿐, 적들은 전쟁이 시작되기 전부터 혹은 다른 중요한 곳에 사용하려는 목적으로 추적 마법을 준비하고 있었다는 결론을 내렸다. 확실하지는 않아도 그것 말고는 설명할 방법이 없었다.

일단 걸린 마법을 풀지는 못한다. 그 때문에 바하무트는 라이세크에게 말을 할지 말지와 적의 의도에 관해서 동시에 생각했다.

'나를 잡아두려는 속셈.'

바하무트는 하나의 가설을 세워봤다. 추적 마법을 새겨놓은 이유는 위치를 파악하기 위함이다. 왜일까? 그가 전장에 투입되는 것을 감시하거나 미리 대처하려는 가능성이 가장 컸다.

그런데 의아한 점이 있었다. 이렇게 되면.

'너도 움직이기 힘들 텐데?'

바하무트를 잡아둬야 하기에 그레우스 공작도 움직이지 못한다. 그가 기척을 숨기고 남몰래 전장에 투입돼도 아군의 눈을 속일 수는 없었다.

유저들은 파티음성 한 번이면 그 정보가 모두에게 전파된다. 결국, 센스 마법은 양날의 족쇄와도 같았다.

'내가 끼어들지 않고도 이길 수 있을까?'

그레우스 공작은 바하무트라는 변수를 완전히 배제해 버렸다. 여기서 생각해 낸 답은 하나였다.

'자신이 있다는 뜻이겠지.'

그레우스 공작은 본인 휘하 네 명의 그랜드 마스터를 믿고 서로에게 족쇄를 채운 것이다. 상대의 의도대로 다모스 왕국 쪽으로 흐름이 유리하게 간다면 전쟁의 패색이 짙어진다.

본체로 변하면 몰라도 인간형으로는 그 많은 강자를 감당하기 어려웠다.

'한번 알아봐야겠군.'

바하무트는 자신에게 새겨진 마법을 조사해 봐야 할 필요성을 느꼈다. 포가튼 플레이포럼에 들어가서 해결 방안을 찾는다면 나올지도 모른다. 수억 명이 하는 게임이니 같은 상황이었던 유저가 하나쯤은 있지 않을까?

"바하무트."

"아아!"

바하무트는 자신을 부르는 소리에 고개를 돌렸다. 그곳에는 라이세크가 말을 몰아 가까이 다가오고 있었다.

"어제 왜 그런 거지?"

"그레우스 공작이 찾아와서 얼굴 인사 하느라고."

"직접 찾아왔다고?"

많이 놀랐는지 라이세크의 목소리가 커졌다. 주변에 있던 부사령관들이 쳐다보자 잠시 진정하고는 말했다.

"이유는?"

"그냥 루펠린 왕국의 울티메이트 마스터들이 가만있는데도 자기 죽이러 오니까 미쳤는지 보러 왔다던데?"

바하무트는 센스 마법에 걸렸다는 말은 뺐다. 이미 걸렸기에 무를 수도 없었다. 해결 방안이 있나 찾아보고 대책을 세울 생각이다.

이 퀘스트가 라이세크에게 어떤 의미가 있는지 정도는 잘 안다. 그럼에도 숨기는 이유는 그가 필요 이상으로 긴장하고 있기 때문이다.

말을 안 하면 안 하는 대로 문제가 생기겠지만, 말을 하면 하는 대로 문제가 생긴다. 어느 쪽이 돼도 문제가 생긴다면 남은 시간을 최대한 활용해야 했다. 분명 포가튼 플레이 포럼이 탈출구가 되어줄 것이다.

"이길 수 있겠어?

"최소한 지진 않으니 걱정하지 마라. 여차하면 죄다 뒤엎어주마."

뒤엎겠다는 바하무트의 농담에 라이세크는 침묵했다. 그렇게라도 해줬으면 좋겠다는 게 그의 속마음이었다. 왜냐하면, 그레우스 공작과 바하무트가 없다는 전제하에 슈타이너만 있어도 충분했으니까.

'솔직하긴.'

침묵으로 일관하는 그를 본 바하무트가 멋쩍게 웃었다. 표정을 보면 생각이 보이는 놈이었다.

히히히힝!

"첫 번째 전령이군."

라이세크는 출정 전에 열 명의 전령을 뽑아 다모스 왕국의 국경 요새로 먼저 출발시켰다. 도착한 이후부터 일정 시간에 한 번씩 상황을 보고받기 위함이다.

이는 지속적으로 적국의 정세를 파악하는 데 큰 도움이 된다. 그리고 지금 첫 번째 전령이 도착했다.

"보고하라."

"현재 국경 요새로 대군이 집결 중입니다."

"수는?"

"삼십만을 넘어섰습니다."

수성에 적합한 다모스 왕국의 산악 국경 요새.

루펠린 왕국군을 막기에는 최적의 지형을 보유하고 있었다. 병력이나 질에서 우위를 점해도 공성이라면 말이 달라진다. 병력의 집결로 볼 때 왕국 내부로 들어가지 못하게 하려는 심산이다.

"삼십만이라."

"왕국의 주요 지역을 방어하는 일부 병력을 제외한 전 병력이 집결할 것으로 보입니다."

"수고했다."

"감사합니다!"

라이세크는 전령의 노고를 위로하며 쉴 수 있도록 배려했다. 다모스 왕국의 국경 지역은 양쪽이 높은 산으로 가려져 있어서 공성전을 치러야 하는 아군으로선 굉장히 불리하다.

반면에 수성전을 준비하는 적군으로선 유리했다. 한 번에 수만 명 이상이 오르기에는 요새 주변의 지형지물이 좋지 않아 치고 빠지는 식의 전투를 해야 할 것이다.

전령은 정해진 시간마다 계속해서 정보를 물고 왔다. 정보를 듣는 라이세크의 표정도 그에 따라 시시각각으로 변했다.

좋은 쪽이 아니라 나쁜 쪽이었다. 하루가 더 지나고 여섯 번째 전령이 도착했을 때는 상황이 심각하게 돌아갔다.

"사십만까지 모이다니."

제아무리 국경 요새가 크고 넓어도 사십만 병력을 전부 수용하지는 못한다. 그런데도 그만한 병력을 모았다는 것은 산악지형을 빽빽하게 막아 오르지 못하게 함과 동시에 이곳에서 끝장을 보자는 뜻인 것 같았다.

일곱 번째 전령이 도착하자 혹시나 했던 생각이 확실해졌다. 요새 옆으로 좁게 펼쳐진 평원에도 병력이 분산되고 있단다.

이리되면 요새로 오르는 길목 전체가 차단됐다고 보면 된다. 국경 요새를 점령하려면 오로지 양쪽 산을 타고 올라가야 한다. 그 외에는 방법이 없었다.

"처음부터 총력을 기울일 생각이군."

바하무트는 고민에 휩싸인 라이세크를 넌지시 쳐다봤다. 자신은 전쟁에 관해서 완전 문외한이다. 공격보다 방어하는 쪽이 유리하다는 정도만 알뿐이다.

죽은 자들의 왕국 때에도 언데드 군단의 세 배 가까이 되는 병력이 성 하나를 뚫지 못했다.

하물며 이번에는 서로 간의 병력이 비슷했다.

'누가 먼저 승기를 잡느냐가 관건인가?'

바하무트는 그레우스 공작을 짐작했다. 최고 전력들이 배제되면 그 아래 전력의 싸움이 굉장히 중요해진다.

　'괜찮다.'

　마법에 걸린 것도 난전이 될 거란 것도 어쩔 수 없었다. 하
루만 더 지나면 국경 요새에 도착한다. 그때야말로 진정한 퀘
스트의 시작이 될 것이다.

10장
다모스 왕국 점령전

Explosive
Dragon King
Bahamut

오늘로서 네 번째 밝아오는 아침.

드디어 루펠린 왕국 소속 41코어의 대군이 다모스 왕국의 국경 요새까지 접근했다. 이른 시간대라 흐릿한 안개와 고요한 정적만이 감돌았다.

아이러니한 것은 유저들에게는 정적이 아니라 폭풍 전야의 전초처럼 느껴졌다. 국경 요새 1킬로미터 지점에서 멈춘 루펠린 왕국군은 총사령관 라이세크의 명령에 따라 주둔지를 구축했다.

며칠 동안 잠만 자려고 대충 지었던 허술한 주둔지가 아니었다. 각종 목재와 도구를 사용해서 만드는 튼튼한 조립식 주둔지였다. 라이세크는 다모스 왕국군처럼 이곳에서 총력을 기울일 생각이었다. 장담컨대 국경 전쟁의 결과에 따라서 퀘스트의 성패 여부가 갈릴 것이다.

그 때문에 장거리 공격이 가능한 유저들을 고려해서 높은 고지를 점할 수 있는 이동식 나무 전차와 마법 대포 등의 공성전용 병기들도 만들었다.

전쟁은 아무 준비 없이 시작하는 애들 장난이 아니었다. 이론으로만 듣고 배운 적측의 정보를 도착한 이후에 직접 눈으로 확인하고 거기에 맞는 작전을 짠 후에 시작된다. 지역에 맞는 전투 병력과 물자를 배치하고 적의 기습 공격에 대비해 방벽도 철저히 쌓아야 한다.

상대는 포가튼 사가의 주민이라 불리는 인공지능 NPC들이다. 신중에 신중을 기하지 않으면 회생 불가의 치명타를 입는다. 라이세크는 오늘 전쟁 준비를 끝으로 마무리할 생각이다. 병력의 규모가 엄청난 만큼 준비가 끝날 때쯤이면 병사들이 많이 지쳤을 것이다.

"조용하군."

바하무트는 말 위에 앉아 산 너머로 보이는 국경 요새를 유심히 살펴봤다. 축성된 모습을 보니 공략하기가 만만찮아 보였다. 전체적으로 산세가 높고 험해 아군의 병력이 강제로 뚫고 들어가기에는 악조건에 해당했다. 길도 좁고 한정되어, 포위는커녕 무조건 정면을 치는 수밖에 없었다.

도착 직전에 라이세크가 했던 말이 생각난다. 초반부터 힘을 빼는 장수는 없으니 절대로 나서 말라며 충고에 충고를 거듭했다. 이해 가는 설명은 아니었지만 한마디로 진지에서 기다리란 뜻이었다. 나서야 할 상황은 오로지 그레우스 공작이 출전했을 때뿐이었다.

"흐음."

라이세크는 아직 자신이 센스 마법에 걸렸다는 것을 모른다. 그 탓에 나서고 싶어도 나서지 못한다.

스윽.

바하무트는 고개를 돌려 점차 형체가 잡혀가는 주둔지를 구경했다. 표현이 조금 안 좋아도 위에서 내려다본 유저들의 모습은 여왕개미를 위해 집을 짓는 일개미 같았다.

수십만 마리의 일개미가 쉬지 않고 일하는, 그런 철저한 계급사회.

가상이라는 포가튼 사가나 현실이라는 현대사회나 다른 점을 찾을 수가 없는 현상이다. 보통 사람들은 이런 광경에 익숙해지면 절대 밑으로 내려가지 않으려 한다. 기라면 기고 짖으라면 짖는, 자신의 손짓, 발짓, 몸짓에 아래 사람들이 움직인다.

바하무트가 생각하기에 사람은 욕망에 물드는 유일한 존재였다.

'나도 그랬지.'

지나갔지만 짧은 한때나마 그도 욕망에 물들었던 적이 있었다. 그렇기에 어떤 느낌인지를 누구보다 잘 알았다. 이 거대한 대군을 이끄는 라이세크도 욕망에 물들었다. 그러나 예쁘게 물들었다.

그는 자신이 가진 것을 이용하면서도 아랫사람을 잘 챙겼다. 타마라스처럼 악성향으로 변질했다면 이번 퀘스트를 도와주지 않았을 것이다.

"형, 뭐해요?"

"그냥 게임이나 현실이나 같아 보여서."

슈타이너는 바하무트의 말을 들으며 넓은 진지를 훑었다. 이 년 반, 반올림하면 삼 년을 붙어 다녔다. 그에 대해서는 알 만큼 알았다. 지금 눈앞의 현상도 잠깐 보니 감이 왔다.

"사람이잖아요. 우리가 죽어도 없어지지 않을 현상이겠죠. 아니다. 세상이 멸망할 때까지일까?"

"그렇겠지?"

말단 병사들과 유저들은 분주히 움직이면서도 수다를 떠는 둘을 보면서 모른 척 지나갔다. 아예 신경조차 쓰지 않았다. 라이세크조차 둘에게 명령을 내리지 못하는데 그들이라고 별수 있겠는가? 심지어는 코어장들이 지나치다가 예를 취하며 인사까지 건넸다.

"할 것도 없는데 이곳저곳 구경이나 하죠."

바하무트와 슈타이너는 매번 큰 규모의 퀘스트를 해결해

왔지만 이렇게 내부에서 주둔지 구축이 진행되는 장면을 본 적은 없었다. 그렇기에 볼거리가 상당히 많았다. 조립식 건물이 수백 채에, 질긴 천으로 이루어진 대형 막사도 수만 채 이상 지어지는 중이다. 성벽을 파괴하거나 넓은 범위에 타격을 주기 위한 공성 병기도 빠른 속도로 제작됐다.

전쟁 전의 기본 준비가 상상외로 복잡했다. 바하무트의 머릿속에 내재된 전쟁의 개념은 그냥 사람들이 몰려가서 많이 죽이면 이기는 것이었다.

병력을 배치하고 전쟁에 필요한 병기와 여러 종류의 보급 물품을 인원수에 맞춰 하나부터 열까지 준비해야 한다니.

생각만 해도 머리가 지끈거렸다. 세력도 능력이 있어야 이끄는 것이란 걸 느꼈다. 레벨이 높다고, 장비가 좋다고, 개나 소나 세력을 갖추는 게 아니라 리더십이 뛰어나고 남을 잘 챙길 줄 아는 자에게만 자격이 부여된다.

"여기 있었군."

한창 구경 중인 둘에게 라이세크가 다가왔다.

"뭘 그리 보고 있나?"

"그냥 진지 구경."

라이세크는 둘의 옆에 나란히 섰다. 그도 시선을 돌려 주둔지가 구축되는 광경을 지켜봤다. 이제는 하도 많이 봐서 감흥조차 없었다. 이는 연합 소속 간부들도 마찬가지였다. 진지를 짓는 것도, 공성 병기 제작도 그냥 만든다는 정도로만 생각하고 넘어간다.

'나도 예전에는 얼마나 신기해했던가.'

라이세크는 불현듯 검 하나에 누더기를 걸쳤던 초보 시절
이 떠올랐다.

매직 아이템 하나 가지고 벌벌 떨던 그때도 나름 재미있었
다. 포가튼 사가의 초창기 시절에는 만 단위 이상이 부딪치는
대규모 전쟁 퀘스트가 없었다. 기껏해야 파티에서 포스의 소
규모 전투가 전부였다. 그러나 고작 그런 퀘스트 하나 하려고
별의별 짓을 다했었다.

그때는 그것이 전부인 줄 알았다. 대륙십강, 폭풍의 마검,
거센 바람 길드의 수장 등은 상상도 하지 못했다.

"나도 한 이 년 전에는 저 아래에서 땀깨나 흘리면서 주둔
지를 지었지."

"사람은 성장하게 마련이다."

"맞는 말이긴 한데 꼭 그렇지도 않더군."

같이 시작했던 유저 중에 아직도 밑에서 올라오지 못하는
이가 부지기수였다.

모호한 성장의 기준.

될 사람은 되고 안 될 사람은 안 된다는 말이 괜히 생기진
않은 듯싶다.

"우린 다른 곳 구경하러 간다."

"필요하면 부르마."

바하무트와 슈타이너는 또 다른 구경거리를 찾아 말을 몰았다.

끼이이익!

"이것 좀 옮겨봐! 근력 수치 초과해서 움직이지도 않네."

수십 명의 유저가 이동식 나무 전차의 업그레이드판인 공성 대전차를 밀기 위해 안간힘을 써댔다. 공성 대전차는 두 개 파티의 원거리 인원을 실을 수 있는 공성 병기다.

막강한 방어력으로 무장했기에 마법 대포를 연달아 맞아도 끄떡없이 버티는 전쟁의 꽃이었다.

제작비용이 상당한 고가라 라이세크도 정확히 백 대밖에 동원하지 못했다. 질 좋은 강철과 여러 금속을 섞어 만들었기 때문에 무게가 어림잡아 톤 단위를 훌쩍 넘었다. 유저들이 포가튼 사가에서 초인적인 힘을 발휘해도 쉽게 옮길 수 있는 물체가 아니었다.

"기다려 봐. 내가 포스장한테 말해볼게."

"제가 하죠."

쿠웅!

덜컹!

바퀴 쪽이 푹 파인 홈에 걸려서 균형이 어긋나 있었다. 라이세크가 오러를 전개해 전력을 다해 밀자 공성 대전차가 힘차게 굴러 나갔다.

"맙소사!"

"우리가 할 때는 꿈쩍도 안 했는데 혼자서 밀었어!"

라이세크는 놀라워하는 그들을 뒤로하고 계속해서 공성 대전차를 전진 배치했다. 그러자 처음에는 놀랐던 유저들도 하나둘씩 익숙해지는지 다시금 본분에 충실해져 갔다.

"어디서 많이 봤는데."

"그렇지? 어디서 봤더라?"

"나도 본 거 같아. 애매하네."

평범한 유저들이 라이세크 같은 대류십강의 유저를 볼 기회는 흔치 않지만 본본 기억은 있을 것이다.

동영상이라든가 큰 규모의 전쟁에서라든가 말이다. 그럼에도 기억하지 못하는 이유는 현실을 인정하지 않아서다.

총사령관이 여기서 공성 대전차를 밀어줄 리 없다가 그들의 속내였다. 레이드장만 돼도 개인전용 숙소에서 웹 서핑을 하며 시간이나 축낸다. 실질적으로 현장을 다스리는 건 포스장이다. 솔직히 포스장도 나와 있다 뿐이지 구석에 박혀 놀기 바빴다.

그러니 어느 누가 루펠린 왕국군을 총괄하는 총사령관이 잡일을 한다고 생각하겠는가? 지나가던 개도 웃지 않을 소리였다.

"레벨도 높아 보이시는데 왜 잡일을 하고 계세요?"

"레벨과 잡일은 관련 없지 않습니까?"

라이세크의 옆에서 공성 대전차를 밀던 유저가 궁금한지

물어봤다. 그에 라이세크가 웃으며 답해줬다. 별것 아닌 대답 같아도 깊은 곳까지 파고 들어가면 레벨과 잡일은 아주 밀접한 관계가 있었다.

"딱 보니 199레벨 같으신데 맞죠? 그 정도 고레벨이시면 최소 포스장에서 레이드장은 하지 않나요?"

"같이 일하면 좋은 거 아니겠습니까?"

"그렇긴 하죠."

라이세크는 분주하게 움직이는 그들과 함께 공성 대전차와 각종 병기를 쉬지 않고 옮겼다.

"저 사람은 뭡니까?"

라이세크의 시야에 유독 게으름을 일삼는 전사 계열의 유저가 포착됐다. 착용 장비는 고작해야 1차 전직을 막 끝낸 수준이다.

레벨로 보나 장비로 보나 포스장이나 레이드장을 맡을 자격에는 못 미친다. 그렇다고 최하급 간부인 파티장도 아니었다. 그는 힘들게 일하는 유저들과 다를 바 없는 말단이었다.

"누구? 아! 저 사람이요? 신경 쓰지 마세요. 별 볼 일 없는 유저지만 친형이 레이드장이에요."

"저 사람이 레이드장은 아니잖습니까?"

만약 저 유저가 레이드장이었다면 라이세크는 눈감아 줬을 것이다. 계급 대우를 해준다고 보면 된다. 그러나 형의 뒷배를 믿고 기강을 어지럽히는 건 용서할 수 없었다.

"어쩌겠어요? 저희 같은 말단은 건드려 봐야 피만 볼 뿐이에요."

이곳에 있는 유저들은 대가 없이 일하는 게 아니다. 거대 길드를 등에 업고 퀘스트를 수행하면서 이런저런 잡일에 대한 짭짤한 수당을 받는다.

"저 사람은 일도 안 하고 수당 받습니까?"

"네. 그냥 가만있다가 돈만 받아요."

설명을 듣던 라이세크의 입술이 씰룩거렸다. 돌아가는 꼴을 보건대 퀘스트가 시작했을 무렵부터 지금까지 쭉 저 모습을 유지한 듯싶었다. 편견을 갖는 건 좋지 못했지만, 동생을 보니 형의 행실은 보나마나였다. 정신이 바로 잡힌 형치고 개념 없는 동생을 저리 버려두진 않을 테니까.

"이봐. 일 안 해?"

짜증이 솟구친 라이세크가 그를 보며 말했다. 유저들에게 지급하는 수당은 모두 길드의 공금에서 나온다.

그런데 그걸 날로 처먹으려 하다니.

"나한테 그랬냐?"

"여기 네놈 말고 노는 사람이 또 있지 않다면."

그는 기가 막히는지 라이세크를 위아래로 훑어봤다.

'영웅 새끼 납셨네.'

장비도 그저 그랬고 간부의 표식도 없었다. 그렇다고 연합 길드 소속도 아니었다. 가끔 가다 이런 놈들이 종종 나타난다. 그때마다 신분을 밝혀주면 알아서들 사라졌다.

"우리 형이 17코어 소속 3레이드장이다. 대충 알겠지?"

"모르겠는데?"

현재 라이세크는 모든 장비를 교체하고 총사령관의 표식과 아이디를 숨겼다. 얄보기 딱 좋은, 그런 모습이었다. 종종 이런 유저들이 있기에 의심받을 염려는 없었다.

"미치겠네. 너 죽고 싶어?"

"여기서 싸우면 끝장나는 걸 모르진 않겠지?"

라이세크조차 모든 걸 다 걸었다 싶을 정도로 중요한 퀘스트를 목전에 뒀다. 내일 해가 뜨는 시간을 기점으로 다모스 왕국군과 생사를 오가는 전쟁을 치른다. 여기서 서로 싸운다면 군법회의에 회부되고 퀘스트에서 강제 퇴출당한다. 그리되면 퀘스트 실패로 간주하여 레벨이 하락한다.

"큭! 너 같은 새끼 하나 처리한다고 해서 내가 군법회의까지 갈 것 같니? 미친 새끼!"

그는 단순히 형만 믿는 게 아니라 형이 잡고 있는 연줄을 믿었다.

"마지막이다. 일해라."

"싫어! 이 새끼야!"

슈아아앙!

그는 다짜고짜 검을 뽑고서 전사 계열 스킬인 파워 스윙을 휘둘렀다. 그다지 특별하거나 위협적이지는 않았지만 휘둘렀다는 자체가 중요했다.

"미쳤구나."

라이세크는 다가오는 저급한 공격을 보며 말했다. 이 많은 유저 사이에서 대놓고 미친 짓을 자행했다. 두고 볼 필요도 없는 매장이다.

뿌각!

간단한 움직임으로 파워 스윙을 피한 라이세크가 상대의 손목을 후려쳤다. 압도적인 데미지를 버티지 못하고 상태 이상 골절에 걸려 뼈가 부러졌다.

"으악! 이 개새끼가! 가만 안 두겠어!"

그는 자신의 실력 부족을 깨닫고는 형에게 음성 대화를 날렸다. 199레벨에 오른 형이라면 놈을 짓밟는 것도 모자라서 처참한 굴욕을 선사해 줄 것이다.

'어디 기다려 볼까?'

라이세크는 자세를 풀고 여유를 부렸다. 그다음에 이어질 패턴은 안 봐도 훤했다. 진지 내부가 넓긴 해도 어림잡아 10~20분이면 이곳에 도착할 것이다.

아니나 다를까, 저 멀리서 누군가가 말을 탄 채 다가오고 있었다.

"형!"

"어떤 새끼냐."

중상급의 군마에 제법 좋아 보이는 장비하며 중간 수준은 넘어 보이는 기사 계열 유저였다.

"저 새끼야, 형."

달그닥! 달그닥!

갈색의 군마가 방향을 바꿔 라이세크 쪽으로 다가왔다. 예상했던 대로 형이나 동생이나 똑같은 놈들이었다.

"너 미쳤지?"

3레이드장은 다짜고짜 라이세크를 보며 욕을 해댔다.

"일 안 하는 새끼한테 일하라고 하면 미친 건가?"

"그따위 것 때문에 내 동생 팔을 부러뜨려?"

"하아!"

라이세크는 한숨을 내쉬며 이번 기회에 죄다 뒤집어엎자고 다짐했다. 41코어 내부에 얼마나 섞여 있을지는 몰라도 이런 놈이 한두 놈일 리 없었다.

"17코어 3레이드장이라고 했나?"

"왜? 용서라도 빌게? 기어봐, 마음에 들면 봐주지."

'윗줄까지 죄다 엮어주마.'

저런 놈은 단 일격이면 반 토막을 내버릴 수 있다. 하지만 근본적인 해결 방안이 아니기에 참는 것이다.

상대는 자신의 최대 강점인 직위로 깔아뭉개려 했다. 그렇다면 더 큰 직위로 깔아서 쥐포로 만들어 버리는 게 최선이다.

"겁먹었어? 이 새끼… 응?"

라이세크가 장비를 교체했다. 구질구질한 서민 아이템에서 번쩍거리는 유니크 아이템들이 유저들의 눈을 어지럽혔다. 아이디 숨김까지 해제하자 라이세크라는 아이디와 그 옆에 총사령관이라는 표식이 만천하에 드러났다.

"그, 어, 총, 총사령관? 라이세크 님?"

"왜 갑자기 존대지?"

형을 부른 동생과 동생이 불러서 온 레이드장인 형, 그리고 주변의 유저들 전부가 제 눈을 의심했다.

조금 전까지 옆에서 함께 공성 대전차를 옮기던 유저가 루펠린 왕국군 총사령관이자 대륙십강의 한 명인 폭풍의 마검이란 사실을 믿을 수가 없었다.

"표식을 보니까 붉은 노을 길드군. 맞지?"

"…네? 네!"

붉은 노을 길드는 이번 전쟁에 참여한 루펠린 왕국 연합 길드 소속의 한 곳이었다.

팔대길드에는 못 미쳐도 나름 수천 명의 길드원을 보유해서 강성한 세력을 자랑했다. 한가락 하는 길드답게 말단 길드원으로 들어가기도 쉽지 않은 곳이었다.

"잠시 뒤에 군법회의 열 테니까, 알아서 참석해."

"헉! 총사령관님 제발! 용서해 주십시오!"

"용서해 주십시오!"

3레이드장은 말에서 내려 무릎까지 꿇었고 동생이란 놈도 마찬가지였다. 온갖 개폼이란 개폼은 다 잡았는데 참으로 허무한 결말이었다.

"싫은데? 아마 레이드장에서 물러나는 걸로 끝나지 않을 거야. 기대해."

레이드장은 기본 옵션에 불과하다. 퀘스트에서 퇴출하고 붉은 노을 길드에서도 내보낼 생각이다. 힘을 잘못 놀리려 한 대가를 톡톡히 치르게 하겠다.

둘은 이미 넋이 나가서 아무런 말도 못하고 있었다. 아마 머릿속이 새하얀 백지로 변했으리라.

"너 같은 새끼가 많을 테니까. 내일이 오기 전에 정리 좀 해볼까?"

내부를 좀먹는 회충은 필요악이다. 전쟁을 시작하기 전 빈틈없이 준비한 상태에서 출전하고 싶었다.

[10분 준다. 코어장급은 전부 회의실로 튀어 와라. 늑장 부리는 새끼들 모조리 직위 해제시킨다.]

라이세크는 부사령관부터 사용이 가능한 전체 명령 하달 스킬을 사용해 수뇌부를 소집시켰다.

그는 일부러 강압적인 태도를 내보였다. 앞의 두 형제를 더더욱 겁먹게 하기 위함이다. 그들은 라이세크가 코어장들을 잡아먹을 것처럼 말하자 불안에 떨었다. 그야말로 게임 인생이 종결되는 순간이었다.

"하루 만에 되려나?"

안 되도 되게 만들어야 했다. 저딴 놈들과 전쟁을 치르다간 퀘스트 실패는 따 놓은 당상이다.

*　　　*　　　*

쿠르르릉!

백 대의 공성 대전차와 수백 대의 이동식 나무전차, 마법 대포 등의 공성 병기가 수십만 대군과 함께 전진, 배치되고 있었다. 국경 요새와 2킬로미터나 떨어졌던 진지에서 출발한 루펠린 왕국군은 이제 500미터 반경까지 들어섰다.

요새에 접근하자 바하무트의 뇌리로 센스 마법이 활성화된다는 알림음이 들려왔다. 그에 다시금 거리를 벌리니 감시를 벗어났다는 알림음이 또 들려왔다. 이리되면 그레우스 공작의 위치만 모를 뿐, 그도 자신의 일정 반경을 벗어나지 못하는 꼴이었다.

"생각이 있겠지."

산 위에 굳건히 세워진 국경 요새는 난공불락의 철옹성을 방불케 했다. 아직은 거리 때문에 점으로밖에 안 보였지만 요새를 둘러싼 성벽과 주요 지형지물에는 다모스 왕국군이 빽빽이 들어찼을 것이다. 루펠린 왕국군은 5만의 병력을 주둔지에 남겨놓고 30만 대군을 한 번에 출전시켰다.

저들은 모든 전력을 국경에 집중하지 못한다. 왕국 내부를 보호할 최소한의 병력은 남겨둬야 했기 때문이다.

그러한 이유로 적군과 아군의 병력은 비슷할 것으로 예상한다. 수준으로 따지면 아군이, 지리적 이점으로 따지면 적군이 유리했다.

그레우스 공작을 사살하면 끝나는 전쟁이지만 저쪽에서 꼭꼭 숨을 경우를 대비해 장기전도 고려해 둬야 한다.

급하게 먹었다간 체하기 쉬우니 최대한 남은 시간을 활용함이 옳았다.

쿵!

루펠린 왕국군은 국경 요새가 식별되는 200미터 앞까지 접근하고 나서야 전진을 멈췄다. 이 거리라면 아티팩트의 도움을 받는 원소술사, 궁수 등의 직업들과 공성 병기의 사정권 내에 들어간다.

그들은 직업의 이점을 최대한 활용해 원거리 공성을 주도한다. 다른 병력은 계획대로 요새와 이어지는 양옆의 산을 타고 오른다. 다모스 왕국군 측에서 오르지 못하게 방해할 것이 틀림없기에 쉽지는 않을 것이다. 어쩌면 산을 타고 내려와 공성 병기를 파괴하려 들지도 모른다.

"어제 한바탕 했더라?"

"짜증나는 일이 좀 있어서."

불쾌한 일을 겪은 라이세크는 코어장급 유저들을 전부 소집하여 쓰레기들이 더 있는지 자세히 조사했다. 시간이 촉박

해서 모두 찾진 못했으나 수십 명의 직위를 박탈하고 퀘스트에서 퇴출해 버렸다. 남은 공석의 자리는 레벨이 낮아도 성실하고 능력 있는 자로 채웠다.

인재는 넘치도록 많았다. 쓰레기들이 없어도 전쟁에는 문제가 없었다.

"그래? 여하튼 이제 시작이군."

"시작이지."

공성 병기가 흩어지며 골고루 배치됐다. 그리고 코어마다 자신이 맡은 임무를 상기하며 이곳저곳으로 분산됐다.

배치가 끝나고 라이세크의 입이 떨어지는 순간 전쟁이 시작된다.

"총사령관님, 모든 준비가 끝났습니다."

"좋아."

연합길드의 간부들이 다가와 전쟁 준비에 관한 보고를 끝마쳤다. 라이세크는 제법 가까워진 국경 요새로 시선을 돌렸다. 산 너머 보이는 성벽에는 적군들이 개미 떼처럼 몰려 있었다.

'이겨야 한다.'

이건 단순한 게임 속의 전쟁이 아니다. 모든 것을 잃느냐 얻느냐가 달린 생존 문제다.

채앵!

라이세크가 자신의 검을 뽑아 들었다. 그러자 루펠린 왕국군이 저마다 몸을 들썩거렸다. 초반부터 병력 전체가 달려들진 않는다. 조금씩, 조금씩 앞으로 나갈 것이다.

루펠린 왕국군과 이 왕자파 소속 다모스 왕국군 사이의 전쟁이 시작됩니다.

"돌격하라!"

오러까지 실은 라이세크의 목소리가 평원을 휩쓸었다.

와아아아아아!

제일 먼저 명령을 하달 받은 다섯 개 코어가 요새를 향해 돌격했다.

*　　　*　　　*

콰아아앙!

공성 병기 위에 탑승한 원거리 유저들이 자신이 배운 모든 종류의 스킬을 쏟아냈다. 색색들이 터져 나가는 스킬들의 향연은 영화에서 나오는 전쟁 특수효과보다도 현란하고 박진감 넘쳤다.

퍼퍼퍼펑!

마법 대포에서도 분당 한 발씩의 공격 마법이 발사됐다. 다모스 왕국 측에서도 공성 병기에 대항하여 수성 병기를 이용해 마법을 막거나 같이 쏴대며 상쇄시켰다.

그나마 눈에 보이는 전투가 이 정도일 뿐이다. 지금 국경 요새로 이어지는 양쪽 산에서는 총합 10만의 병력이 맞부딪혔다. 뚫고 오르려는 루펠린 왕국군과 막으려는 다모스 왕국군의 격렬한 전투가 나뭇잎으로 가려진 산속 내부에서 행해지고 있었다.

슈슈슈슉!

"크아아악!"

"죽어라!"

"너나 죽어버려!"

난전에 휩싸이면 아무것도 못하고 개죽음당할 확률이 굉장히 높다. 사방에서 죽음의 위협이 날아오기 때문에 자칫 잘못하면 눈먼 칼에 맞아 강제 로그아웃되기 십상이었다. 정말 실력이 뛰어나지 않고서야 비슷비슷한 수준에서는 언제 어떻게 죽을지 예상할 수 없었다.

전쟁이 끝날 때쯤이면 대동한 병력의 반의 반도 남아 있지 않을 것이다.

대다수가 살아남아 승리의 함성을 내지르는 일은 소설에서나 나올 법한 이야기다. 극소수만이 살아남아 전사자들을 위로하는 게 전쟁이었다. 말단 병사일수록 죽을 가능성이 높고 지위가 높을수록 죽을 가능성이 낮다. 가진 자와 가지지 못한 자의 차이는 어떠한 형태로든 간에 외부로 표출된다.

'썩 보기 좋지는 않군.'

바하무트는 그러한 광경을 지휘부에서 여실히 지켜봤다. 평소 제삼자의 측면에서 보던 것과 밀접한 관련을 맺고 보는 것에는 커다란 차이가 존재했다.

슈타이너와 둘이서 행동할 때는 모두가 남남이다. 그러나 지금은 루펠린 왕국군 부사령관의 직책을 지녔기에 사선에서 죽어나가는 유저들은 그의 아군이었다. 나가서 적을 무찌르고 만인에게 칭송받는 영웅 놀이는 그의 취향이 아니다. 그럼에도 저렇게 허무할 만큼 죽어나가니 가슴 한편이 찝찝했다.

"좋지 않은 광경이란 건 나도 잘 안다. 하지만 명심해. 절대 나서지 마라."

"그래."

라이세크는 바하무트가 무슨 생각을 하는지 대충이나마 짐작했다. 슈타이너는 자신이 형을 잘 제어할 테니 걱정하지 말라고 했지만, 세상에 믿을 놈이 따로 있지, 웃음만 나올 뿐이었다. 당장 바하무트가 나가서 싸우자고 한다면 지가 먼저 창을 뽑아 들고 소닉붐을 난발할 놈이다.

그 탓에 라이세크는 항상 바하무트의 곁에서 떨어지지 않았다. 그가 잘못되어 죽기라도 하면 모든 걸 잃으니까.

"소모전이 계속될 거다. 전쟁에서는 항상 있는 일이다. 너희는 보고만 있으면 돼."

"밀리면?"

"넌 그런 것도 신경 쓰지 마라. 그냥 내가 부탁할 때만 움직여."

그레우스 공작이 나타나지 않으면 바하무트도 움직이지 않는다. 만에 하나라는 확률은 괜히 있는 게 아니다. 이제 하루 차의 전쟁이다. 빈틈없이 준비해야 한다. 아군이 밀리기 시작하면 가장 먼저 출전하는 존재는 그랜드 마스터 NPC인 근위 기사부단장 제라스 백작이다.

거기에서도 밀리면 슈타이너가 나선다. 자신이 먼저 나서면 바하무트를 통제할 유저가 사라진다. 그다음에 나서는 게 바로 라이세크 본인이었다.

그까지 나서게 될 때쯤이면 적군의 그랜드 마스터들은 모두 전선에 나와서 싸우고 있을 것이다. 그리되면 남은 것은 그레우스 공작이 유일하다.

그가 나오고 나서야 비로소 바하무트가 출전한다. 다른 때는 안 된다. 그게 전략이었다. 순서가 뒤바뀌어도 상관없다. 바하무트는 그레우스 공작만 상대하면 되는 거다.

"저쪽은 난리가 나는데 우린 평화롭네."

용투기를 전개하여 감각을 높인 바하무트는 숲 내부에서 들려오는 비명에 눈살을 찌푸렸다. 아군이고 적군이고 가릴 것 없이 그냥 비명 천지였다. 그에 반해 중앙군 쪽은 무척이나 한산했다.

같은 전쟁터에 있는 건지조자 헷갈릴 만큼.

"넌 적응이 안 되겠지만, 나한테는 익숙해."

"네 말은 이게 정석이란 거잖아."

"그래. 그럼 저기서 싸우는 있는 유저들에게 지휘를 맡기고 우리가 싸우면 어떨까?"

바하무트는 선뜻 대답하지 못했다. 자신과 슈타이너 라이세크 같은 고레벨 유저들이 나가서 싸우면 전투는 아군의 일방적인 학살로 진행된다.

반대로 유저들이 지휘부를 차지한다면? 겪어보기 전엔 모르겠지만 제대로 돌아가지 않고 망할 것 같은 느낌이 다분했다.

"이해했다."

"대충 그런 거다. 손가락 하나 까닥이지 않는 것 같아도 우리가 있기에 저들이 싸우는 거다."

"그럼 여기서 공격하는 건 괜찮나?"

"여기서?"

라이세크가 의아하게 되물었다. 여기서 국경 요새까지는 수백 미터가 거리다. 이렇게 먼 거리에서 공격하겠다고 할 줄은 몰랐다.

"돼, 안 돼?"

"여기라면 된다."

"그렇단 말이지."

타탁!

바하무트가 말에서 내렸다. 말 위에서 폭화 언령술을 사용하면 말이 타 죽거나 터져 죽거나 어쨌거나 죽는다.

"떨어져."

"떨어져라."

바하무트를 보던 라이세크가 주변을 물렀다. 간부들은 상황 파악을 못하고 머뭇거렸는데 그런 자들은 라이세크가 직접 잡아끌었다.

콰드드드!

용투기가 전개되자 바하무트가 밟고 있는 지면이 요동쳤다.

폭화 언령술 : 삼 조합 스킬.

터질 폭(爆), 불 화(火), 화살 시(矢).

폭화시(爆火矢) : 폭발하는 불꽃 화살.

바하무트가 왼팔을 앞으로 내밀었다. 그러자 팔을 타고 거대한 불꽃의 활이 생성됐다. 발리스타처럼 두꺼운 불화살은 파공성을 일으키며 전방을 향해 쏘아져 나갔다.

콰콰콰쾅!

"어라?"

기세를 뿌리며 날아가던 폭화시가 국경 요새에서 발사된

수십 발의 마법 대포에 의해 공중분해 돼버렸다. 삼 조합 스킬이 강력해도 마법 대포의 데미지가 높아서 수십 방을 견디는 건 버거웠다.

"이것 봐라."

"큭큭."

폭화시가 터지는 것을 본 라이세크가 웃긴지 옆에서 실실 쪼갰다.

"이것도 막나 보자."

푸화아악!

불꽃이 치솟았다. 바하무트에게서 뿜어지는 열기를 버티지 못한 주변이 녹아내렸다.

폭화 언령술 : 사 조합 스킬.

큰 대(大), 뜨거울 염(炎), 임금 왕(王), 주먹 권(拳).

대염왕권(大炎王拳) : 거대한 염왕의 주먹.

거대한 불꽃의 주먹이 공기를 태우며 날아갔다. 아까 전과 같이 마법 대포가 부딪쳐 왔지만, 대염왕권을 막지 못했다. 곧 성벽에 충돌할 찰나, 저쪽에서도 변화가 생겼다.

즈아아앙!

국경 요새 쪽에서 하늘을 가를 듯 날카로운 기세를 지닌 진공파가 날아와 대염왕권을 반으로 쪼갰다. 그리고 쪼개 버린 여파로 진공파도 증발했다.

"기세를 숨기고 있어서 몰랐는데 확실히 저쪽에 있나 보네."

"너 일부러 확인하려고 공격한다고 한 거였어?"

"겸사겸사. 이런 단발 공격으로는 성벽에 큰 피해를 주긴 어렵지. 사거리 탓에 데미지도 줄어들고."

사 조합 스킬을 연발로 사용하거나 오 조합 스킬을 사용하지 않는 한 요새에 큰 피해를 주기는 어려웠다.

그럼에도 공격한 이유는 심심한 탓도 있고 그레우스 공작이 요새 내부에 있는지 없는지 확인하기 위해서다. 바하무트와 국경 요새의 거리는 대략 이삼백 미터다. 센스 마법이 발동되는 것으로 보아 있는 건 확실한데 속임수일지도 몰랐기 때문이다. 포가튼 사가는 무슨 변수가 생길지 예측할 수 없는 게임이다.

"아, 따분해 미치겠네."

슈타이너는 진행되는 상황이 미치도록 지겨웠다. 하는 일이라곤 구경하다가 하품하는 게 전부였다. 라이세크는 바하무트를 포함한 그에게도 절대 전쟁에 참여하지 말라고 충고했다. 상관은 아니지만 어기기도 어려웠다. 말하기 미묘한 뭔가가 있었다.

왠지 모르게 지켜야 할 것 같은 그런.

최전방의 말단 병사들은 요새로 통하는 길을 뚫으려고 사력을 다하고 있었다. 공성 대전차와 이동식 나무 전차 위에 있는 원소술사 계열의 원거리 유저들도 마력 포션까지 복용해 가면서 싸워댔다. 그런데 자신들은 여기서 장난질이나 치고 있다니.

조금 전 라이세크가 했던 말에 일리가 없었다면 그 자리에서 반박했을 것이다.

"그냥 몰래 갈까?"

슈타이너는 곧바로 고개를 저었다. 앞뒤 분간 못할 정도로 생각이 짧지는 않았다. 잘못하면 자신 하나로 퀘스트가 엉망이 돼버린다. 이번 퀘스트에서 상대해야 하는 강자가 무려 두 명이다. 전력에 공백이 생기면 걷잡을 수 없는 사태가 일어난다.

"너도 지겹지?"

"아, 형."

바하무트가 중앙군 지휘부 쪽으로 돌아왔다. 보아하니 슈타이너 녀석도 어지간히 지루한 듯했다.

"다음부터는 우리끼리 행동할 거니까 이번만 참자."

다모스 왕국 점령전을 마지막으로 두 번 다시 단체 행동을 하지 않을 생각이다. 정말 자신들과는 맞지 않았다. 이 년 반 동안 둘이서만 다니다가 떼거리로 몰려다니니 하나부터 열까지 행동에 제약이 걸렸다.

"그 말을 기다렸습니다."

조금 더 지나면 슈타이너도 3차 전직을 해야 한다. 금방 성
공할지는 모르지만 3차 전직 유저 둘이 붙어 다니면 무서울
게 없을 것이다.

"녀석도."

"크크!"

콰아아앙.

폭음 소리에 공기가 흔들렸다. 시간이 갈수록 전쟁이 치열
해질 것이다. 그리고 어느 한쪽의 전열이 무너지는 때가 자신
들이 나서는 순간이다.

*　　　*　　　*

현재 루펠린 왕국군 소속 7코어는 고전 중이다. 6~10코어
에 속한 오만 대군이 국경 요새의 오른쪽 산으로 진입한 지
벌써 이틀째다. 그럼에도 아직 길을 뚫지 못했다.

다섯 개 코어 중 최전방에서 싸우는 7코어의 피해는 처참
했다. 대놓고 충돌하는 지속적인 교전 탓에 사망자가 늘어갔
다. 코어장과 레이드장의 상급 간부들은 전부 후방으로 빠져
입으로만 명령했다. 실질적으로 임무를 수행하는 이들은 하
급 간부인 포스장과 파티장이었다.

적군도 이상한 낌새를 눈치챘는지 그들을 죽이려고 사력
을 다했다. 전투 도중 암살자가 나타나는 건 다반사고, 먼 거

리에서 타깃팅 당하여 강력한 스킬들이 집중됐다.

"제길! 간부 새끼들 전부 뭐하는 거야!"

"그 말 할 시간에 한 새끼라도 더 죽여!"

허무하게 죽어나간 하급 간부의 숫자가 벌써 수십 명을 넘겼다. 그럼에도 상급 간부들은 구석에 처박혀서 몸을 사렸다.

엉망이 된 지휘 체계.

라이세크는 상급 간부들에게 전선의 중앙 지점에서 군을 잘 지휘하라고 못 박았다. 너무 멀리 떨어져 있으면 명령 하달에 문제가 생기기에 적정선에서 머물라고 했건만 하나같이 한 귀로 듣고 한 귀로 흘렸다.

다모스 왕국군은 방어만 하면 되는 처지라 주어진 명령이 복잡하지 않았다. 무조건 뚫지 못하게 막으면 되는 거였으니까.

루펠린 왕국군은 그런 방어를 뚫으려고 전략을 수도 없이 변경했다. 통하지 않음에도 밀어붙이는 건 바보짓이다. 빠른 명령 하달이 필요한 시점에 그것이 안 되니 피해가 클 수밖에 없었다.

게다가 심지어는.

"막아!"

"밀고 내려온다!"

퍼퍼퍼펑!

큰 살상력과 감지 불가의 은밀한 스킬들이 7코어를 향해 쏟아져 내렸다. 이쪽이 뚫리면 다른 코어들의 옆과 뒤가 위험했다. 최악을 가정하면 모든 코어가 전멸당하고 지휘부가 존재하는 중앙군까지 밀릴 가능성도 배제하지 못한다.

"아나, 진짜!"

"제길!"

유저들이 욕설을 내뱉으며 무너지는 진형을 보수했다. 그러나 한 번 밀리기 시작하자 감당할 수가 없었다. 뚫는 건 고사하고 막지도 못해도 밑으로 내려가다니 그야말로 어이 상실이다. 이 같은 상황은 다른 코어들도 마찬가지였다. 라이세크는 요새로 통하는 왼쪽과 오른쪽 산길로 열 개 코어를 투입했다.

그런데 십만 명의 대군이 요새를 직접 치기도 전에 외각부터 고전하고 있었다.

원인은 상급 간부들의 몸 사리기.

이러한 정보는 밑으로 타고 내려갔고 끝끝내 지휘부까지 전달됐다.

"이 새끼들이 지금 무서워서 숨어 있다는 소리냐!"

라이세크의 분노 어린 음성이 대기 중인 연합 소속 간부들의 간담을 서늘하게 만들었다. 전쟁 도중에 죽는다면 그만큼 보수를 확실하게 챙겨준다고까지 약속했다.

"제대로들 미쳤구나."

"제가 연락을……."

살벌한 분위기에 기가 죽은 코어장 한 명이 연락하려는 척하며 자리를 뜨려 했다. 너무 눈치가 보여서 이 공간을 벗어나고 싶었다.

"됐다! 이쪽에서 먼저 패를 꺼내 들 줄은 상상도 못했어."

원래 목적은 다모스 왕국군이 밀려나는 전선을 감당 못하고 그랜드 마스터를 투입하는 것이었다. 그리고 때에 맞춰 이쪽에서도 똑같은 전력을 투입해서 아군의 사기를 높이려고 했다. 죽기 싫어하는 간부들 때문에 전선이 반대로 밀려 버려서 그렇지.

"그대들에게라도 말하겠다."

좌중의 시선이 라이세크에게로 몰렸다.

"명령을 따르지 않으면 이 전쟁이 끝나고 네놈들이 타고 다니는 스포츠카가 똥차로 변하는 마법을 보여주마."

"알겠습니다!"

그가 진정으로 화난 것이 느껴졌다. 이럴 때는 몸을 사리는 게 최고였다. 괜히 반발하겠다고 나섰다가는 본전도 못 찾는다.

"제라스 부사령관."

"예, 총사령관님."

전시에 해당하는 전쟁 상태다. 각자 후작과 백작의 작위를 지녔지만 군 직급으로 부르는 게 정석이다.

"왼쪽 전선을 부탁하오."

불은 크게 번지기 전에 잡아야 한다. 내버려 두면 걷잡을 수 없다. 이대로 두면 중앙군이 있는 지역까지 전쟁터로 변할 것이다.

그랜드 마스터 NPC인 제라스 백작이라면 충분히 상황을 반전시키겠지만, 그가 나섬으로써 다모스 왕국군 측에서도 동급의 강자를 내보냄은 정해진 순서다. 그리고 그때부터가 진정한 전쟁의 시발점이 되리라.

"걱정 마시지요."

제라스 백작에게 배정된 병력은 다섯 개 코어로 즉, 5만 명이었다. 산의 구조상 그 많은 인원을 전부 수용하는 건 무리였다.

그는 각 코어에서 정예를 추려 한 개의 코어로 만들고는 전장으로 향했다. 도착하는 순간 모든 지휘권이 통합될 것이다.

"슈타이너."

"어이쿠! 나도?"

슈타이너는 라이세크가 호명하자 깜짝 놀랐다. 제라스 백작이 호명되고서 바로 투입될 줄은 몰랐다. 그는 이곳에서 바하무트를 제외하면 가장 강력하다.

그랜드 마스터를 두 명이나 상대해야 하는 고급 전력인데 벌써 투입하다니 전세가 밀리는 건 둘째치고 이참에 라이세크가 쐐기를 박고 싶었나 보다.

"오른쪽 전선을 부탁한다."

"캬! 재미있겠네. 그랜드 마스터 두 명이라. 한 명만 올 수도 있겠지?"

한 명만 온다면 단시간 내에 죽일 자신이 있었다. 본체로 현신하지 못해도 200레벨 초중반쯤은 누워서 떡 먹기다. 어서어서 해치워 이따위 전쟁 끝내 버려야겠다.

"그건 아니다, 슈타이너."

"왜요?"

바하무트는 슈타이너를 보며 놀란 눈빛을 띠던 그레우스 공작을 상기했다.

290레벨을 넘긴 완숙한 경지의 그랜드 마스터.

다모스 왕국군의 부사령관 수준으로는 슈타이너와 단독으로 맞붙지 못한다. 장담컨대 삼십 분이면 아이템을 떨어뜨리고 경험치로 화할 것이다. 그레우스 공작 정도의 강자가 그 차이를 못 느꼈을 리 없었다.

"비록, 눈대중이라도 그자는 너를 직접 봤다. 한 명을 기대하진 마라."

"그런가? 아무튼, 다녀올게요."

"조심해."

"형, 제가 누군지 잊으시면 안 되죠."

슈타이너가 섭섭하다는 듯 말하자 바하무트가 피식하고 웃었다. 익숙해진 지가 오래라 잊고 있었다. 대륙십강 중에서도 최상위에 속한 랭커이자 황금빛을 내뿜으며 전장을 지배하는 황금의 학살자.

그게 바로 슈타이너였다.

"다녀와라."

"그럼."

파파파팟!

슈타이너의 신형이 흐릿해지며 순식간에 지휘부에서 사라졌다. 병력을 따로 대동하지는 않았다.

바하무트와 그의 계급은 부사령관이지만 직책만 그러하고 따로 맡은 병력은 없었다. 그냥 그 자체로 일인군단인 존재들이라 있으면 오히려 방해였다.

"둘에게 달렸다. 둘이서 그랜드 마스터 세 명을 죽여준다면 더할 나위 없다."

"나는 언제 가?"

바하무트도 몸이 근질근질했다. 당장에라도 뛰쳐나가서 그레우스 공작과 일전을 벌이고 싶었다. 먼저 나가서 전장을 난장판으로 만들면 나오기 싫어도 나올 수밖에 없다.

"제라스 백작과 슈타이너의 결과에 따라서다. 참아."

"흠."

"슈타이너가 강하단 건 알지만, 상대가 둘이니만큼 조마조마하군."

"녀석은 강해. 네가 생각하는 이상으로."

슈타이너의 창은 음속을 돌파해 무형의 대기조차 뚫어버

리는 극도의 쾌를 추구한다. 피하지 않고 정면에서 막을 수 있는 존재는 자신과 이사벨라 단둘뿐이며, 막진 못해도 피할 수 있는 존재가 나머지 대륙십강의 일곱이다. 그러나 그의 창을 피하기만 해서는 절대 이기지 못한다.

다른 이들은 말할 필요도 없고 일곱 중 가장 강한 배덕의 화신 타마라스와 울프 로드 쿠라이도 엄밀히 말하면 슈타이너와 비교하면 한 수 아래였다.

타마라스가 슈타이너를 그토록 많이 죽일 수 있었던 이유는 십이간부를 이용한 뒤치기 전략이다. 용족 자체가 지니는 강함은 인간족은 물론, 다른 특수 종족도 따라오지 못한다.

"네가 내 자리에 있었다면 그런 무조건적인 믿음을 내보이지 못했을 거다."

"그럴 수도."

제라스 백작과 슈타이너가 패배 바하무트가 합공을 당하면 위험하다. 솔직히 라이세크는 아직도 슈타이너 쪽이 불안했다. 혼자라면 몰라도 둘이나 되는 그랜드 마스터를 상대하는 건 정말 장난이 아니었다. 하지만 이제는 엎질러진 물이니 믿어야 했다.

"음."

바하무트는 국경 요새 내부에서 강한 기운의 흐름을 읽었다. 슈타이너와 제라스 백작이 전장에 투입됐다는 걸 눈치챈 그레우스 공작이 패를 꺼낸 것이다.

제라스 백작 쪽으로 내려가려는 그랜드 마스터는 서로 간의 실력이 비슷해 보였다.

"슈타이너."

슈타이너 쪽으로 가는 그랜드 마스터 둘은 강했다. 한 명과 두 명의 차이는 상상을 초월한다. 앞에서만 공격당하는 것과 다르게 뒤에서도 공격당하는 것은 정신이 두 개로 분산되는 느낌이 들게 한다. 오래전 바하무트 본인도 랭커 두 명을 상대로 동시에 싸웠을 때 겨우 이겼었다.

그것도 본체 상태로.

혼자였다면 가지고 놀 만큼 쉬운 상대도 둘이 되자 눈앞이 핑핑 돌았다. 슈타이너의 앞에 닥친 상황도 그때와 판박이다. 더욱이 이 퀘스트에서는 본체로 현신하지 못한다.

"수틀리면 다 쓸어버리면 된다."

바하무트는 퀘스트가 위험해지면 본체로 화해서 전부 쓸어버릴 생각도 하고 있었다. 라이세크는 자신들을 믿고 울티메이트 마스터를 데려오지 않았다. 그렇다면 거기에 관한 책임을 져야 한다.

"뭐, 잘해내겠지. 자기 말대로 황금의 학살자니까."

바하무트는 최악의 상황을 가정하여 그러겠다고 한 거지, 실제로 일이 그렇게까지 꼬이리라 생각지는 않았다.

왜냐고? 그만큼 슈타이너를 믿었으니까.

                    *   *   *

  라이세크의 명령을 받은 제라스 백작은 정예코어 하나를 대동하여 밀리고 있는 왼쪽 전선으로 향했다.

  콰아아앙!

  으아아악!

  산 중턱에서 들려도 모자랄 전쟁의 소리가 중앙군과 가까운 초입 부근에서 들려왔다.

  말인즉, 초입 부근까지 밀렸다는 것이다. 제라스 백작이 이를 부드득 갈았다. 지휘부에서 듣던 대로 개판 그 자체였다. 이는 전부 무능한 상급 간부가 원인이다.

  '어리석은 놈들! 왕국을 위해 희생하는 것을 영광으로 알아야지.'

  제라스 백작은 전형적인 골수파 귀족으로, 위로는 국왕에게 충성하고 아래로는 백성을 지킴을 당연시 여겼다. 총사령관 라이세크는 간부들에게 원활한 통제를 위해 전선 중앙에서 군을 통솔하라 명령했다.

  그런데 적의 반격이 예상외로 거세지자 겁을 먹고서 너 나 할 것 없이 죄다 후방으로 피신했다. 당장 죽을 게 두려워서 최초 내려진 명령을 어긴 것이다.

  어찌 그렇게 생각이 짧은 걸까? 신의 축복을 받은 자들은 특히나 더 그랬다. 불사의 신체를 지닌 이들이다. 한 번 죽는 게 무섭다고 아군 전체를 위협에 빠뜨렸다.

스슥!

제라스 백작은 빠른 속도로 산을 타고 올라갔다. 그리고 고작해야 엎드려 코 닿을 거리에서 전전긍긍하는 상급 간부들의 모습을 발견했다. 당장 병력을 다독여 직접 출전해도 모자랄 판에 지금 이 순간까지 꼬리를 말고 있다니.

한심한 꼴을 보자 짜증이 치밀었다.

"헉! 제라스 백작님!"

"오오! 이제 살았어!"

"그랜드 마스터면 역전시키고도 남을 것이다!"

순간 제라스 백작은 이 쓸모없는 놈들은 전부 베어 버릴까 하는 충동을 느꼈다. 그렇지만 고개를 설레설레 저었다. 미워도 아군이다. 아군을, 그것도 말단도 아닌 간부를 베어버리면 사기가 급감할 것이다.

"아마 그대들은 전쟁이 끝나면 각오 단단히 해야 할 것이오."

어차피 자신이 아니어도 라이세크가 가만둘 리 없었다. 작위는 국왕이 직접 내리는 공적이라 건들지 못한다. 그러나 길드 같은 사적인 직책은 군법회의에 넘겨져 몰수당할 가능성이 높았다. 이런 무능한 놈들을 같은 배에 태우고 가다간 도중에 가라앉아 버릴 것이다.

살려면 썩은 환부를 도려내야 한다.

"그, 그게 저희도 노력을 해봤습니다!"

"그렇습니다. 조금 전까지도 싸우다가 잠시 이곳으로 피신을……."

"닥치시오!"

제라스 백작은 변명을 일삼는 그들에게서 시선을 돌렸다. 버러지만도 못한 놈들의 목소리는 듣기 싫었다. 중요한 것은 저따위 놈들이 아니라 밀리고 있는 전장이다.

파팟!

제라스 백작은 뒤에서 쉬지 않고 주저리주저리 떠드는 간부들을 무시했다. 그는 가장 심하게 밀리는 곳으로 몸을 날렸다. 나무 사이 이곳저곳을 종횡무진으로 움직이며 후방 전선을 향해 밀고 내려오는 다모스 왕국군을 베었다.

"으악!"

"크아아아!"

쉽게 끝날 전쟁이 아니기에 최대한 신중히 움직이며 치고 올라가야 했다.

"불리한 지형이구나."

다모스 왕국군은 위에서 아래를 공격하고 루펠린 왕국군은 아래에서 위를 공격하는 형태였다. 밀리고 있는 상황에서 지형까지 좋지 않았다. 그나마 아군 측 유저들의 실력이 뛰어나서 버틴 것이지, 이들이 전부 병사였다면 진작에 뚫리고 지휘부가 있는 중앙군 쪽이 난장판이 됐을 것이다.

콰콰콰콰!

제라스 백작은 아끼려 했던 오러를 뿜어냈다. 저하된 사기를 이쯤에서 잡아줘야 한다. 그의 검에서 폭발한 소울 블레이드가 산에 뿌리박은 나무 수십 그루를 일격에 반으로 잘랐다.

검의 공격 반경 안에 있던 다모스 왕국군 수십 명도 운명을 같이 했다. 전장에 정적이 찾아왔고 학살의 신호탄이 터졌다.

쓰거거걱!

콰쾅!

"그, 그랜드 마스터다!"

"상부에 보고해!"

"죽기 싫어!"

다모스 왕국군 이곳저곳에서 말소리가 새어 나왔다. 제라스 백작이 투입되자 유저들이 몸을 사리며 황급히 물러났다. 일반 병사들은 자신의 조국을 지키려고 싸우지만, 그들은 아니다. 그냥 설렁설렁 경험치를 먹고 보상이나 받으려고 퀘스트를 수락한 것이다.

여기서 죽고 전쟁에서도 패배하면 자신들이 껴안을 페널티는 끔찍함의 단계를 넘어선다. 그들의 뇌리 속에는 무조건 죽지 않고 전쟁에서 승리해야 한다는 생각밖에 없었다. 자신만 살면 남들은 죽어도 된다는 이기적인 생각이 가득했다.

유저들이 빠지자 탄력을 받은 루펠린 왕국군이 무서운 속도로 치고 올라갔다. 알아서들 빠져줬기에 큰 피해 없이 왼쪽 전선을 회복할 수 있었다.

"밀리면 큰일 나는 것 아니야?"

"야! 죽으면 끝이야! 상부에 보고했으니까 우리 측에서도 그랜드 마스터가 올 거다."

제라스 백작은 오러를 남발하지 않았다. 군데군데 필요할 때만 가끔 사용했고 시간 날 때마다 틈틈이 다시 흡수했다.

조금만 지나면 저런 말단 병사들이 사라지고 동급의 강자가 나타날 것이다. 그런 자를 상대하는데 오러가 부족하면 목숨을 보장받지 못한다. 라이세크는 이런 점을 염려했다. 아군이 밀리지 않고 반대로 밀고 있었으면 적측에서 먼저 그랜드 마스터를 내보내 힘을 소모했을 텐데.

겁을 먹고 뒤로 숨은 간부들 때문에 역효과가 나버렸다.

"오는구나."

한참 동안 적진을 휘젓던 제라스 백작은 자신을 향해 다가오는 강렬한 기운을 느끼고는 그 자리에 멈췄다. 그리고는 아군과의 거리를 벌렸다. 병력의 한복판에서 싸웠다간 죄다 육편으로 변한다. 서로가 눈에 보이지 않아도 기운을 느낀 그때부터 전투는 시작됐다.

"후우!"

제라스 백작이 정신을 집중했다. 그랜드 마스터와의 대결에서 한눈을 판다는 건 죽여 달라는 말과 같다.

스슥.

나무 사이로 준수하게 생긴 중년 사내가 나타났다. 간편한 경갑과 바스타드 소드는 그가 어떤 스타일의 기사인지를 알려줬다. 소울 블레이드 앞에서 갑옷의 의미는 퇴색된다. 종이와 다를 바 없는 갑옷을 억지로 착용해 봐야 움직임에 방해만 될 뿐이다.

"가스틴 백작이오."

"제라스 백작이외다."

둘 다 전형적인 기사 계층의 귀족이다. 전장이라고 하여 적을 급습하는 비열한 짓은 자존심이 허락지 않는다.

우우우웅!

둘이 약속이라도 한 듯 오러를 전개하자 퍼지는 기운에 산천초목이 부들부들 떨렸다.

"떠, 떨어지자."

"우리도 떨어지자. 말리면 죽는다."

"으으……."

국경 요새로 통하는 왼쪽 전장이 소강상태에 접어들었다. 이제 말단 병사들의 전투는 무의미했다. 둘 중 싸워서 이기는 쪽이 전장의 흐름을 장악할 것이다. 유저들과 병사들은 대치 지점에서 더욱 거리를 벌렸다. 두 명이 격돌하면 사방으로 충격파가 퍼진다.

어디까지가 반경이 될지는 그 누구도 예측하지 못한다. 제자리에서 싸우는 것도 아니고 이곳저곳 옮겨 다니며 전 방위에 폭격이 터지니까.

무시하고 전쟁을 이어가다간 퀘스트는커녕, 도중에 강제 로그아웃되리라.

콰콰!

쾅!

소울 블레이드를 듬뿍 머금은 검이 충돌하며 굉음이 국경 요새와 루펠린 왕국군의 진지까지 퍼져 나갔다. 그 때문에 적 군의 다른 그랜드 마스터와 그레우스 공작도 들었고 아군 측 의 바하무트와 라이세크를 포함한 연합 소속 간부들도 들었 다. 그리고 오른쪽 전장을 책임지는 슈타이너도 마찬가지였 다.

"저쪽은 이미 시작했나 보네."

슈타이너는 여유롭게 산을 탔다. 저 멀리 충돌로 발생한 짜 릿한 기운이 이곳까지 풍겨왔다.

소닉붐(sonic boom) : 전반 이식.
분영(分影) : 그림자 나누기.

퍼퍼퍼펑!

창이 수백 개로 분열되며 슈타이너를 둘러싸고 접근하던 자들의 몸에 바람구멍을 내버렸다. 눈을 의심하게 할 창술에 유저들이 기겁했다.

"어디서 많이 봤는데."

"금발에 금안, 그리고 창?"

"아! 황금의 학살자!"

"랭킹 4위 슈타이너다!"

멈칫!

4위라는 소리에 슈타이너 이마에 핏대가 솟았다. 그는 일주일 전 타마라스의 레벨을 넘어서 랭킹 3위를 탈환했다.

"3위거든, 이 새끼들아!"

파아아앙!

슈타이너의 창에서 발생한 회전력에 날아오는 마법과 원거리 공격들이 모조리 퉁겨졌다.

소닉붐(sonic boom) : 전반 일식.

관천(貫天) : 하늘 뚫기.

그리고는 창의 끝을 잡은 채로 전방을 향해 내지르자 거센 풍압과 함께 음속을 돌파한 극쾌의 창이 방해물들을 치웠다.

"못 이겨!"

"튀어!"

왼쪽 전장과 똑같은 현상이 나타났다. 이제 곧 슈타이너의 앞에도 그랜드 마스터가 나타날 것이다.

그것도 두 명씩이나.

그는 굳이 도망치는 놈들을 쫓지 않았다. 저런 피라미들까지 잡기에는 귀찮았다.

콰득!

독사왕의 이빨이 땅에 박혔다. 이곳에서 기다리면 알아서들 찾아올 테니 멀리 가지 않아도 된다.

"내가 죽으면 난리 나겠지?"

바하무트가 어떻게 나올지 모른다. 라이세크가 있어서 컨트롤이 되겠지만 그래도 많이 속상해할 것이다. 언제나 아껴줘서 항상 기분이 좋음에도 어쩔 때는 미안하기도 했다. 자신 때문에 손해 본 적이 많기 때문이다.

"아! 간단하네. 안 죽으면 되잖아?"

어려우면서 가장 쉬운 방법, 죽지 않으면 되는 거다.

"붙어보면 알겠지."

콰아아앙!

왼쪽 전장에서 끊이지 않고 굉음이 울려 퍼졌다. 부럽지는 않았다. 곧 있으면 이쪽에서도 시작할 것이기에.

"언제 와."

슈타이너는 곧 다가올 전투가 너무나도 기대됐다.

*　　　*　　　*

퍼어어엉!

유형화된 소울 블레이드가 부딪칠 때마다 땅이 갈라지고 바위와 나무가 조각났다. 양쪽 군은 그들의 싸움을 방해하지 않으려고 최대한 뒤쪽으로 피신했다.

슈슈슈슛!

제라스 백작의 검이 팔자를 그리며 가스틴 백작의 전신을 향해 쇄도했다. 목과 몸통, 양팔과 양다리 전체를 공격하는 기묘한 기술이었다.

채채채챙!

가스틴 백작은 무리하게 앞으로 뛰쳐나가지 않고 날아오는 공격 속도에 맞춰서 뒤로 물러섰다. 그리고는 바스타드 소드의 넓은 면을 이용하여 침착하게 공격을 막았다.

제라스 백작은 기묘한 변화 계열의 검술을 사용한다. 그에 반해 가스틴 백작은 속도보다는 한 방에 모든 것을 싣는 무거운 중검을 휘둘렀다.

그들은 상반되는 검술로 상대를 제압하려 했다. 그러나 둘 다 성격이 침착하고 냉철하여 쉽사리 공격을 허용하지 않았다.

쾅쾅!

양손으로 휘두르는 두터운 검에서 풍압이 일며 제라스 백작의 검과 충돌했다.

"큭!"

확실히 힘에서만큼은 한참이나 밀렸다. 제라스 백작은 시

큰거리는 손목을 느끼며 눈살을 찌푸렸다. 화려한 변화를 추구해도 정면으로 붙으면 검을 맞대는 즉시 튕겼다. 철저히 빠지면서 상대의 표를 찌르는 기습 형태로 바꿔야 할 것 같았다. 문제는 가스틴 백작이 그것을 알고 있단 거다.

그는 결코 무리를 감행하면서까지 따라붙지 않았다. 어떤 종류의 검술을 추구하든 공격을 하려면 근접해서 검을 맞대야 한다. 장거리 공격도 가능하지만 막대한 양의 오러가 소모된다. 쉽게 말해서 효율적이지 못하다. 오히려 빈틈이 많아져 상대에게 반격의 기회를 줄 수도 있었다.

'이대로는.'

승패가 갈리지 않는다. 상대는 제자리에서 움직이지 않고 침착하게 방어에 치중했고 자신은 공격 위주의 패턴이었지만 적극적인 움직임은 아니었다.

피이이잉!

제라스 백작이 결단을 내렸다. 전쟁의 승리를 위하여 도박을 벌여야 했다.

그 대가로 목숨을 잃는다 해도.

콰콰콰쾅

소울 블레이드를 듬뿍 머금은 검이 수많은 변화를 일으키며 가스틴 백작의 전신으로 날아갔다.

피할 방향조차 모두 막아버리고 오로지 공격 일변도로 변해 버렸다. 가스틴 백작은 그의 변화를 알아챘다. 치고 빠지기만 하던 공격에서 완벽한 백병전에 들어선 것이다.

'받아주지.'

상대가 저리 나오는데 피하는 건 예의에 어긋난다. 전신을 점하는 상대의 검에 반응하여 가스틴 백작도 강력한 일격을 무작위로 쏟아냈다.

쿠아아앙!

"진짜 장난 아니다."

"대박이네."

"우리도 2차 전직하면 저렇게 될까?"

그랜드 마스터의 전투를 지켜보는 유저들이 저마다 한마디씩 했다. 그들도 2차 전직을 한다면 폭발적으로 증가하는 능력치와 스킬 숙련도의 영향으로 강해질 것이다. 그러나 게임에서 강해지는 것은 단순히 레벨만 가지고는 불가능하다. 장비가 좋아야 하고 거기에 걸맞은 고유의 스킬도 보유해야 한다.

어느 한 가지가 특출 나게 뛰어나기보다 골고루 뛰어나야 남들도 인정하는 강자가 될 수 있었다.

쿠우우웅!

콰아아앙!

점점 격돌의 강도가 심해졌다. 방어와 회피 일변도에서 적을 죽이기 위한 살상 위주로 급변했다.

"일렉트로닉 소드!"

제라스 백작의 검이 초 진동을 일으키며 무수하게 많은 환영을 만들었다.

따따따따따땅!

"크윽!"

일렉트로닉 소드는 큰 데미지를 주는 스킬이 아니다. 유저들의 기준에서 보면 지속형 패시브 스킬과 비슷했다. 검을 휘둘러서 떨리는 무수한 진동으로 여러 번의 타격을 일시에 가한다. 이리되면 아무리 약한 공격이라도 충격이 가중되어 버티기 어려워진다.

이 기술은 오러가 많이 소모되기에 강적이 아니면 결코 사용하지 않았다. 시간이 갈수록 서로 간의 몸에 상처가 늘어났다. 미스릴을 섞어 만든 뛰어난 갑옷들은 이미 고철이 된 지 오래였다. 설사 합금이 아니라 통짜 미스릴이라도 그랜드 마스터들의 오러를 버티지 못한다.

"익스플로전 쇼크!"

상대가 밑천을 모두 꺼냈기에 어쩔 수 없었다. 이대로 가다간 완전히 기세에서 밀려 패배할 가능성이 높았다. 오러를 집중시킨 가스틴 백작의 검이 제라스 백작의 검과 충돌하자 어마어마한 폭발음과 함께 서로가 피를 토하며 나자빠졌다.

"크억!"

"컥!"

충격은 제라스 백작이 더 심했다. 그는 가스틴 백작보다 먼저 전장에 투입되어 소량이나마 오러를 사용했다. 그랜드 마스터의 대결에서는 아주 작은 틈이라도 승패를 가르는 커다란 요인이 된다.

라이세크가 그토록 우려했던 일이 터진 것이다.

"으으!"

"후욱!"

가스틴 백작이 겨우 몸을 일으켰다. 오러 홀이 손상되어서 당분간 회복에 주력해야 할 듯싶었다. 그래도 제라스 백작을 죽인다면 왼쪽 전장은 다모스 왕국군의 지배하에 놓인다.

"잘 가시오."

써걱!

그의 검이 제라스 백작의 목을 스쳐 지나갔다. 침묵과 고요가 이는 가운데 잘린 머리가 바닥으로 굴러 떨어졌다.

"이겼다?"

"우리가 이겼어!"

와아아아!

다모스 왕국군 유저들과 병사들이 기쁨의 함성을 내질렀다. 이건 전세를 뒤집을 정도로 큰 성과였다.

*　　　*　　　*

루펠린 왕국군의 부사령관 제라스 백작이 사망했습니다.

"이런 제기랄!"

콰앙!

라이세크가 치미는 분노를 참지 못하고 검을 휘둘렀다. 그랜드 마스터인 제라스 백작이 죽었다. 이건 단순히 밀리는 것과는 차원이 달렸다.

아군을 지탱하는 기둥 하나가 잘린 것이다. 그가 죽음으로써 자신들이 받아야 할 부담감이 배로 커졌다.

"개 같은 놈들! 모두 갈아 치워주마!"

꿀꺽!

지휘부의 간부들이 침을 삼켰다. 그들은 결심했다. 절대 물러서지 않고 그냥 죽기로 말이다. 지금 라이세크에게 찍히면 그날로 끝이었다. 그것도 그냥 끝이 아니라 완전히 게임 인생 종 치고 실직자가 될 것이다.

"그만해."

"미안하다."

"됐어, 슈타이너가 있잖아."

라이세크는 조마조마한 심정으로 오른쪽 전장을 쳐다봤다. 그쪽에는 슈타이너가 있었다.

"그나저나 생각부터 해야 하지 않을까? 왼쪽 전장 어떻게 하려고?"

"하아!"

바하무트는 이곳에서 절대 움직이면 안 된다. 그렇다고 라이세크 본인이 직접 갈 수도 없었다. 여러모로 진퇴양난이었다.

"라벨튼 부사령관."

"예!"

"배속된 코어 전부를 대동해서 왼쪽 전장으로."

"알겠습니다!"

다모스 왕국군의 그랜드 마스터도 중상을 입었을 것이다. 일단은 균형을 맞춰야 한다. 여기서 밀려 중앙군까지 난장판이 되어 바하무트가 나서게 되면 정말 막다른 상황에 몰린다. 라벨튼은 연합 소속 날카로운 가시 길드의 수장으로 그에게 배속된 병력은 5만 명이다.

이쪽에서 병력을 투입하면 저쪽에서도 투입할 테지만 방법이 없었다.

"바하무트."

"응?"

"정말 슈타이너가 이겨야 한다."

"질 리가 없다."

라이세크는 진심으로 빌고 빌었다. 정말, 정말 만에 하나라도 슈타이너까지 패배해 양쪽으로 세 명의 그랜드 마스터가 치고 내려오면 요새 내부의 그레우스 공작과 남은 그랜드 마스터까지 합세할 게 분명했다. 그러니 그런 일이 생기지 않도록 슈타이너가 이겨야 했다.

퍼퍼퍼퍼퍼펑!

"슈타이너가 시작했구나."

공기가 터지는 소리.

슈타이너가 자신의 장기인 소닉붐을 휘두를 때 생기는 소리였다.

'이길 거라 믿는다.'

자신이 제아무리 강해도 적의 전력 전부는 감당하지는 못한다. 슈타이너가 이기느냐 지느냐에 따라서 전쟁의 판도가 결정된다.

전쟁에는 흐름이 존재한다.

다모스 왕국군은 이 흐름을 타버렸다. 그것도 거대하고 유리한 흐름이다. 그럼 어떻게 해야 할까? 흐름을 끊어야 한다. 슈타이너가 적의 그랜드 마스터 두 명을 죽인다면 적이 타고 오던 흐름을 강탈하여 자신들이 탈 수가 있었다. 그리되면 반전의 기회가 생길 것이다.

"부탁한다."

바하무트는 그를 믿었다. 분명 두 명 모두 쳐 죽이고 이 상황을 타개시켜 주리란 걸.

11장
천살창혼파

슈타이너는 독사왕의 이빨을 땅에 박은 채로 비스듬히 기대어 있었다. 지금 그의 주변에는 아무도 없었다. 아군도 적군도. 그의 압도적인 무력을 목격한 다모스 왕국군은 지레 겁을 먹고 도망쳤다. 아군은 일부러 뒤쪽으로 후퇴시켰다. 앞으로 시작할 전투에 방해됐기 때문이다.

어차피 자신들이 출전한 이상 유리한 고지를 점하려는 소모전은 쓸모없게 돼버렸다. 이제 중요한 것은 최고 전력들의 싸움이다.

"빨리 3차 전직을 해야 형이 걱정을 덜 할 텐데."

점령전 퀘스트를 성공적으로 완료하면 299레벨을 달성할 수 있을 것 같았다. 그리되면 형에 이어서 두 번째 3차 전직 유저가 되는 것이다.

"아니지, 이사벨라 님이 있구나. 근데 요즘 통 연락이 없네."

슈타이너는 소드 퀸 이사벨라를 생각했다. 그녀가 299레벨에 올라선 지 이제 한 달이 넘었다. 충분히 3차 전직을 할 수 있는 시간이었으나 요즘 따라 도통 연락이 되지 않았다. 접속도 뜸한 편이었다. 아무래도 현실상에서 중요한 일이 생긴 듯했다.

콰아아아아아앙!

저 먼 전장에서 생긴 충격음이 슈타이너가 있는 곳까지 날아왔다.

"이번엔 아주 제대로 부딪쳤네. 오의끼리 부딪친 건가?"

슈타이너의 판단은 정확히 들어맞았다. 제라스 백작의 일렉트로닉 소드와 가스틴 백작의 익스플로전 쇼크가 부딪치며 폭발을 일으킨 게 바로 이 시점이다.

루펠린 왕국군의 부사령관 제라스 백작이 사망했습니다.

"얼씨구?"

이번 건 상당히 놀랐다. 제라스 백작은 아군 측의 그랜드 마스터 NPC였다. 그가 죽었다면 왼쪽 전장이 먹혔다는 것을 뜻한다. 진형의 한 축이 무너진 건 전세을 바꾸기에 충분한 빌미를 제공한다.

루펠린 왕국군은 현재 네 곳에 분포된 상태다.

왼쪽 전장과 오른쪽 전장, 라이세크와 바하무트가 머무는 중앙군과 처음 이곳에 도착해서 만든 주둔지 부근의 예비군으로 나뉜다. 여기서도 패배하면 왼쪽, 오른쪽 두 개의 전장이 전부 적군에게 넘어간다.

"그럴 수야 없지."

하나를 빼앗겼으니 하나를 찾아와야 한다.

"아, 부담되네."

슈타이너는 서서히 밀려드는 불안감에 불만을 토로했다. 져도 똑같이 지는 거지만 결정적 원인을 제공하는 거라 껄끄러웠다.

스으으으.

"이제 와? 이 자식들이 군기가 빠졌어?"

전방에서 강렬한 두 개의 기운이 느껴졌다. 분명 두 명의 그랜드 마스터일 것이다. 개개인이 라이세크보다도 좀 더 강한 게 만만치 않았다. 저들만 이기면 불리한 전세를 뒤집는 게 가능하다.

"어디 보자. 선물 줘야지."

기댔던 몸을 곧추세운 슈타이너가 창을 뽑아 그래도 내질렀다.

소닉붐(sonic boom) : 전반 일식.
관천(貫天) : 하늘 뚫기.

퍼엉!

일직선상에 놓인 공기가 터지며 슈타이너의 창에서 발생된 충격파가 전방을 꿰뚫었다. 범위 공격이라기보다는 한 명을 노리는 일인격살 관천의 위력이다.

쩌어어엉!

"자존심 상하게 그걸 막다니."

장대한 체구를 지닌 중년 사내가 대검의 넓은 면으로 관천의 돌격을 저지했다. 그는 완벽히 충격을 없애려고 뒤로 다섯 발자국이나 물러났다.

"적이라지만 예의가 없군."

"예의는 아는 사람이랑 차리는 거야."

"되었네. 곧 죽을 놈과 무슨 이야기를 하겠단 건가?"

퍼거슨 후작이 하온 백작을 말렸다.

"너… 스스로 죽을 건 아는구나? 점쟁이나 하지 그랬냐?"

슈타이너의 도발에 퍼거슨 후작과 하온 백작은 반박하지 않았다. 이곳에 오기 전 자신들의 정신적 지주이자 울티메이트 마스터인 그레우스 공작이 충고했다.

'절대 혼자서 상대하지 마라. 이기지 못하니까.'

둘 다 나름 검으로써 일가를 이룬 강자였다. 그런데 자신들을 무시하는 조언을 하자 자존심이 상했다. 그리고 퍼거슨 후작은 슈타이너를 만났어도 여전히 그의 실력을 인정하지 못하고 있었다.

'아직도 저리다.'

그러나 슈타이너의 공격을 직접 막은 하온 백작은 경악했다. 급작스러웠던 탓에 대비를 안 하고 막았어도 고작 직선 찌르기 한 방에 팔이 저렸다. 이것은 실력의 고하를 실감시키는 한 수였다.

"어찌하시겠소?"

"큭, 어서 처리하지."

퍼거슨 후작은 저런 천박한 놈을 상대로 합공한다는 자체가 수치스러웠지만 달리 방법이 없었다. 이 전쟁에 다모스 왕국의 모든 게 걸려 있대도 과언이 아니었다. 자존심은 훗날 챙겨도 충분했다.

"처리? 발끝에도 못 미치는 것들이 둘이라고 용기가 샘솟나 보네?"

콰드드득!

바하무트의 정열적인 붉은색과는 대비되는 황금색의 용투기가 슈타이너의 전신을 가볍게 감쌌다. 용투사처럼 세부적으로 응용하지는 못한다.

극한까지 전개해서 능력치를 상승시키거나 하지는 못한

다. 그래도 외부의 공격으로부터 사용자를 보호하는 등의 기본 응용 정도는 가능했다.

소닉붐(sonic boom) : 전반 이식.
분영(分影) : 그림자 나누기.

소닉붐(sonic boom) : 전반 삼식.
뇌격(雷撃) : 번개 치기.

퍼퍼퍼펑!

콰르르릉!

창의 그림자가 사방으로 분산되며 그들을 뒤덮었다. 전 방위를 감싸는 공격이기에 피하지 못한다. 막거나 받아쳐야 한다.

게다가 분영을 사용한 즉시 뇌격을 사용하여 그들의 정신을 어지럽혔다. 번개 치는 소리가 들리며 황금빛으로 물든 뇌전이 그랜드 마스터들의 머리를 쪼갤 기세로 내리쳤다.

"이놈!"

채채채챙!

퍼거슨 후작이 검을 휘둘러 분영을 모조리 막았다. 꽤 빠른 쾌검술이었다. 그사이 하온 백작은 대검에 오러를 주입하여 뇌격을 후려쳤다.

짜앙!

"이 새끼들 보소?"

소닉붐의 공격을 두 명에서 막아서 그런지 큰 데미지를 주기 힘들었다. 저들이 한 명이었다면 이어지는 공격에 당황했을 텐데.

써거거걱!

슈타이너는 소닉붐이 끝난 후에 바로 하늘로 뛰어올랐다. 하반신을 갈라 버릴 기운을 내포한 소울 블레이드가 대지를 휩쓸었다.

"죽어!"

쩌엉!

하늘로 솟은 슈타이너에게 따라붙은 퍼거슨 후작이 검을 양손으로 휘둘러 내리찍었다. 슈타이너는 창을 머리 위로 들어 올려 그의 공격을 막았다.

허공에 떠 있는 처지라 충격 때문에 바닥으로 곤두박질쳤다. 바닥에 내려오자 그를 기다리는 건 하온 백작이었다. 대검에 풍압이 일며 슈타이너의 상체를 노렸다.

"이런 젠장!"

숨을 돌리려 하면 한 명이, 또 돌리려 하면 또 다른 한 명이 번갈아가면서 공격했다. 그들은 반씩 나눠서 공격하는 거겠지만 당하는 사람은 정신이 없었다.

"적당히 해, 이 새끼들아!"

우웅!

촤아아앙!

슈타이너가 창을 양손으로 휘둘러 주변을 물린 다음 호흡을 가다듬었다. 작은 기술로는 큰 타격을 주기 어려웠다. 용투기를 아낄 때가 아니었다.

소닉붐(sonic boom) : 후반 칠식.
구풍잔격(九風殘擊) : 아홉 바람을 잔인하게 치다.

퍼퍼퍼퍼펑!

하나하나가 관천을 능가하는 아홉 개의 공격이 퍼거슨 후작과 하온 백작을 향해 날아갔다. 소닉붐은 음속폭음이라는 뜻을 지녔기에 모든 기술의 시작이 속도에서 비롯됐다.

"얄밉게 나오네. 어디 이것도 막나 보자!"

역시나 둘은 한 명이 막고 충격을 없애려고 물러서면 교체하는 식으로 구풍잔격을 막아냈다. 슈타이너는 그들의 패턴을 인지했다. 그렇다면 번갈아 막지 못하게 하면 된다.

소닉붐(sonic boom) : 중반 사식.
회풍포(回風砲) : 회오리 대포.

소닉붐(sonic boom) : 중반 오식.

환영살(幻影殺) : 죽음의 환영.

적중당한다면 내부 장기가 세탁기 안의 빨랫감처럼 소용
돌이치게 하는 회풍포는 퍼거슨 후작에게, 수백 개의 환영 중
에서 실체는 한 가지밖에 없는 환영살은 하온 백작에게 날렸
다. 둘의 스타일과는 정반대되는 기술을 날려서 그런지 꽤 당
황하는 티가 역력했다.

소닉붐(sonic boom) : 중반 육식.
벽력단(霹靂斷) : 번개 끊기.

슈타이너의 창술, 소닉붐은 대체로 찌르기 위주의 스킬이
많다. 그러나 단 세 개의 베기 스킬이 있었는데 그중 두 번째
로 강력한 게 벽력단이다. 독사왕의 이빨을 들고 수평으로 휘
젓자 황금빛 뇌기를 머금은 거대한 반월형 칼날이 회풍포와
환영살에 정신이 팔린 퍼거슨 후작과 하온 백작에게 날아갔
다.

"헉!"

"이놈!"

파아아앙!

둘은 날아오는 벽력단에 기겁하고는 동시에 오러를 폭발
시켜 세 개의 스킬을 가까스로 벗어났다.

그런데 예상외의 복병이 그들의 발목을 잡았다.

"크윽! 독?"

"왜 그러는가, 하온 백작?"

"어떠냐? 독 맛이?"

하온 백작은 공격 시 5% 확률로 걸리는 히드라의 맹독 상태에 걸렸는지 얼굴이 초록색으로 물들었다.

"독이라니! 간악한 놈!"

"미친놈아! 두 명에서 덤비는 건 정당하냐!"

하온 백작은 당장 오러를 내부로 돌려 독을 몰아냈다. 쉽지 않은지 이마에 송골송골 땀이 맺혔다. 퍼거슨 후작은 재차 공격할지도 모를 슈타이너의 앞을 막고 경계 자세를 취했다.

'한숨 돌리고.'

슈타이너는 연속된 공격을 멈추고 몸을 회복시켰다. 용투기가 바닥을 치고 있어서 스킬을 사용할 양도 남아 있지 않았다. 찰나의 순간이 지나고 하온 백작이 신색을 회복했다. 그들의 잘 차려입었던 경갑은 군데군데 찢어져 붉은 선혈이 흘러내렸다.

'상황이 안 좋아.'

용투기의 소모가 너무 심했다. 회복 포션을 먹으려고 해도 틈을 주지 않았다. 무시하고 먹었다간 치명적인 일격을 당할 것이다.

'두 명 상대하기 장난 아니네.'

한 명이라면 충분히 쓰러뜨릴 자신이 있었다. 그런데 두 명이 되자 다가오는 압박감이 장난이 아니었다. 본체로 변할 수만 있다면 저런 놈들 따윈 일도 아닐 텐데.

쩌엉!

슈타이너가 창을 높이 들어 퍼거슨 후작을 향해 내리쳤다. 그는 충격을 버티지 못하고 무릎을 꿇었다. 이 상태에서 스킬을 사용하면 피해를 줄 수 있음에도 그게 여의치가 않았다.

"크윽!"

어느새 다가온 하온 백작이 슈타이너의 옆구리를 향해 대검을 휘둘렀다.

쾅!

슈타이너가 창을 재빨리 돌려 방어에는 성공했지만, 대검의 실린 힘에 10미터를 날아가고 또 몇 미터를 더 구르고 나서야 몸을 일으켰다. 그리고는 곧바로 공중 높은 곳까지 점프했다.

벌게진 그의 눈에는 광기가 엿보였다.

"죄다 뒈져 버려!"

소닉붐(sonic boom) : 후반 팔식.
유성낙하(流星落下) : 유성 떨구기.

하늘에서 소나기가 퍼부어지듯 아래쪽을 향해 수백 개의

황금빛 유성이 떨어져 내렸다.

퍼퍼퍼퍼펑!

소닉붐(sonic boom) : 후반 구식.
뇌정만천(雷霆滿天) : 하늘을 뒤덮는 우레음.

콰르르릉!

마른하늘에 뇌성벽력이 터지며 일정한 공간을 기점으로 천지 사방이 뇌전으로 가득 찼다. 그랜드 마스터의 반응 속도로도 피하지 못할 공격이 퍼거슨 후작과 하온 백작의 전신을 강타했다.

"아아아악!"

"끄으으윽!"

그나마 하온 백작은 유성낙하를 막다가 튕겨서 뇌정만천을 정면에서 맞지 않았다. 반대로 퍼거슨 후작은 뇌정만천의 중앙 범위 내에서 내리치는 벼락 전부를 몸으로 받아냈다. 검으로 후려치고 막아보려고 애를 썼음에도 벼락을 쇳덩이로 막는다는 발상 자체가 정신 나간 생각이었다.

그러한 모습을 지켜본 하온 백작은 뇌정만천이 날아오자 대검을 땅에 박고 전신을 오러로 둘러싸 맨몸으로 버텨냈다.

'제발! 죽어라!'

슈타이너는 이번 공격으로 둘 다 죽길 바랐다. 후반 초식들을 남발한 대가로 몸에 과부하가 왔다. 포가튼 사가에는 스킬의 딜레이가 없다.

그렇다고 무한정도 아니다. 너무 많이 사용하면 지나친 스킬 사용으로 몸에 과부하가 왔다는 알림음이 들린다. 이 상태를 무시하고 계속 밀어붙이면, 심할 경우 강제 로그아웃이다. 죽는다는 뜻이다. 유성낙하와 뇌정만천은 정말 큰맘 먹고 사용한 것이다.

"크윽!"

"아, 진짜!"

둘 다 죽어주면 고마웠을 텐데, 아무래도 틀린 듯싶었다. 전방에서 뇌정만천을 오러로 막아낸 하온 백작이 천천히 다가왔다.

*   *   *

뇌정만천에 그대로 적중당한 퍼거슨 후작은 시커먼 숯덩이가 돼버렸다. 뇌전 계열의 속성 공격을 검으로 막으려고 한 어이없는 결과였다. 그랜드 마스터에 오른 지고한 경지 덕분에 절명하진 않았지만, 회생은 불가능했다.

겉뿐만 아니라 내부 장기가 모조리 익어서 신의 포션이라 불리는 전설의 엘릭서가 아니고서야 죽는 건 기정사실이다.

"넌 왜 살아 있니?"

하온 백작은 슈타이너의 질문에 대답하지 않았다. 죽을 만큼 심각한 상태는 아니라도 중경상 정도는 입었기에 앞으로 계속 진행될 전쟁을 생각하면 몸을 사려야 했다.

부아아악!

거대한 대검이 지면을 타고 올라와 슈타이너의 가랑이 쪽으로 쇄도했다. 저것을 맞는다면 가랑이부터 정수리가 반으로 쪼개지는 신세계를 경험할 것이다. 슈타이너는 무리한 스킬 사용으로 몸에 과부하가 와서 소닉붐을 포함한 모든 스킬이 막혔다. 순전히 기본 능력치로만 싸워야 했다.

"거신 강림."

> 거신 강림을 사용하셨습니다. 1ㅁ분간 능력치가 2ㅁ% 증가합니다.

히어로 아이템 타이탄의 권능에 내장된 특수 옵션, 거신 강림을 발동했다. 제한 시간이 10분이라서 아끼고 아꼈는데 지금이 딱 적절한 시기였다.

조금이나마 힘이 솟았다. 어쩌면 스킬을 사용하지 않고 몸늘림만으로 상대할 수 있을 것도 같았다.

쩌엉!

"큭!"

사타구니를 가르려는 대검을 막자 슈타이너의 몸이 공중으로 붕 떴다. 아무래도 근력 수치는 그가 훨씬 높은 것처럼 보였다. 과부하의 후유증이 이렇게 클 줄이야. 앞으로 풀리려면 한참을 더 기다려야 했다.

"너 제대로 된 독 맛 좀 볼래?"

흠칫!

하온 백작이 반사적으로 거리를 벌렸다. 조금 전에 당한 기이한 맹독은 듣도 보도 못한 새로운 형태였다. 그랜드 마스터에 오른 자신의 얼굴색이 변하고 내부가 진탕되는 고통을 느끼고 나서야 겨우 해독했다. 그런데 이번에는 제대로 된 독 맛이란다. 더 강한 맹독이 있단 말인가?

"히드라의 분노."

> 히드라의 분노를 사용합니다. 반경 1ᄆᄆ미터 안에 3ᄆ초간 맹독이 분사됩니다.

푸아아아!

슈타이너의 손에 잡힌 독사왕의 이빨에서 나인 헤드 포이즌 히드라의 녹색 독기가 살아 있는 연기처럼 뿜어졌다. 갑작스러운 현상에 기겁한 하온 백작이 남은 오러를 한계까지 끌어 올렸다.

"끼야아아!"

그러나 퍼거슨 후작은 아니었다. 삶과 죽음의 기로에서 간당간당하게 서 있던 그는, 맹독이 닿자마자 끔찍한 비명을 내지르며 한 줌의 독수로 화했다. 히드라의 독기는 산성의 기운을 지녀서 중독돼 버티지 못하면 독이 퍼지는 것은 둘째치고 몸이 녹아내린다.

"이… 놈!"

하온 백작은 분노가 치밀었다. 다가가려 해도 맹독이 쉬지 않고 뿜어져 나왔기에 접근할 수가 없었다. 버티는 게 고작이다. 그나마도 힘에 겨워 독기가 오러를 뚫고 들어왔다. 그리고 슈타이너가 지니고 있는 아티팩트가 저것뿐이란 생각도 들지 않았다.

> 다모스 왕국군의 부사령관 퍼거슨 후작이 사망했습니다.

기분 좋은 알림이 들리며 슈타이너의 입가에 미소가 번졌다. 중앙군 쪽에서 입이 찢어져라 좋아할 라이세크 놈의 모습이 눈가에 선했다. 분명 바하무트도 좋아할 것이다.

푸스스스!

계속해서 뿜어져 나오던 히드라의 분노는 사용 시간이 끝나자 독기의 생성을 멈췄고 금방 사라졌다. 정면에서 독기를 버티고 있던 하온 백작의 처참한 몰골이 드러났다.

"크흐으으!"

그는 한쪽 팔이 녹아 있었으며 전신이 흉측한 수포로 가득

차 있었다. 마치 화상을 입은 것 같은 모습이다.

'대단하구나.'

슈타이너는 히어로 아이템이 이렇게 대단할 줄은 상상도 못했다. 계속된 격전으로 지쳐서 그럴 수도 있지만, 그랜드 마스터의 팔을 녹였다. 1차 전직 유저들은 100미터 반경에 들어오기만 해도 전부 죽어나갈 것이다.

'아직도.'

과부하가 풀리지 않았다. 이대로 가면 죽을지도 모른다.

파팟!

콰!

"컥! 제길!"

하온 백작이 살기를 머금고 한 손으로 잡은 대검을 마구 휘둘렀다. 생명력이 빠르게 줄어들었다. 한쪽 팔이 녹아서 중상을 입은 자답지 않게 팔팔했다.

오러로 지혈까지 시킨 모양인지 피도 흐르지 않았다. 슈타이너의 육체가 바람에 실린 나뭇잎처럼 흔들거렸다. 계속해서 날아오는 충격을 버티기가 어려웠다.

쫘앙!

'진다.'

그럴 순 없었다. 진다는 건 말도 안 된다. 여기서 자신이 지면 퀘스트가 실패할 확률이 올라간다. 팔 병신이라도 그랜드 마스터는 강하다. 온갖 회복 포션과 신관들의 마법을 받으면 제 몫은 할 것이다.

제라스 백작을 이긴 그랜드 마스터와 여기 있는 놈, 그리고 아직 나타나지 않은 놈까지 합하면 세 명이나 남았다. 형과 약골인 라이세크 둘이서 감당하기에는 지나치게 많은 숫자였다.

생각이 정리되니 마음이 편해졌다. 그런데 뒷일을 생각하자 짜증이 무럭무럭 솟았다.

"그래도 퀘스트 성공하면 복구하고도 남겠지."

죽어도 퀘스트가 성공하면 보상을 받을 수 있다. 공적 보상을 장담은 못해도 아마 받을 것이다. 그랜드 마스터를 두 명이나 죽였으니까.

드드드드드드!

억지로 용투기를 전개한 슈타이너가 창을 세웠다. 오른팔로 창을 들고 옆구리에 낀 형태였다. 경고음이 계속해서 울렸지만, 신경 쓰지 않았다. 쳐 맞기만 하다가 죽긴 싫었다.

"너 이 새끼야, 영광으로 알아라. 이거 보고 뒈진 새끼는 이제 너 포함 두 명이니까."

하온 백작은 상스럽게 느껴지는 슈타이너의 말에 신경을 곤두세웠다. 느껴지는 기세가 심상치 않았다. 뭔가를 준비하고 있었다.

"먼지가 되라."

소닉붐(sonic boom) : 오의.

천살창혼파(天殺槍魂波) : 하늘조차 죽이는 창의 물결.

바하무트의 오 조합 스킬처럼 슈타이너도 글자 수에 따라 스킬의 위력이 달라진다. 반은 바하무트의 스킬 조합을 따라서 만든 게 소닉붐이라 형식이 비슷했다. 현재 슈타이너의 레벨로 천살창혼파를 사용하면 반드시 죽는다.

후반 삼식을 사용하려 해도 저놈이 죽는다는 보장이 없었다. 중상을 입었지만 건재한 걸로 봐서 한 방을 버틴다면 그 뒤에 돌아오는 건 무기력한 패배였다. 그럴 바에 그냥 확실히 죽이는 게 이득이다.

우우우웅!

슈타이너가 창을 가볍게 내질렀다. 그러나 그 결과는 가볍지 않았다.

촤아아아앙!

그의 창에서 시작된 변화가 점점 커지더니, 숲 전역을 뒤덮었다. 세기도 어려운 수천, 수만 개의 창이 물밀듯이 밀려 나갔다.

나무도 바위도 대지도 모조리 입자 단위로 분해되어 바람에 흩날렸다. 그 안에는 마지막 발악조차 하지 못한 하온 백작의 잔해도 필시 섞여 있을 것이다.

"힘드네."

슈타이너를 중심으로 일직선상 백여 미터 공간에 존재하던 지형지물 전체가 지도상에서 사라졌다. 그는 내심 뿌듯했다. 양날의 검임에도 확실히 대단한 위력을 지니고 있었다.

> 다모스 왕국군의 부사령관 하온 백작이 사망했습니다.

> 한계를 벗어난 스킬 응용으로 육체가 붕괴합니다. 3ㅁ초 뒤에 사망합니다.

"아이템부터 챙기자."

땅에 떨어진 아이템은 절대 파괴되지 않는다. 내구도는 사용할 때만 소모된다. 슈타이너는 두 개의 유니크와 기타 아이템들을 챙겼다.

목숨을 걸었다면 이 정도는 챙겨줘야 남는 장사 아니겠는가.

> 1ㅁ초 뒤에 사망합니다.

"그걸 꼭 그렇게 알려줘야 하나."

그랜드 마스터를 두 명이나 죽였다. 부담감이 많이 줄어들었을 것이다. 나머지는 바하무트와 라이세크가 해결해 주리라 믿었다. 자신은 할 만큼 했고 죽일 만큼 죽였다.

캐릭터가 사망했습니다. 강제 로그아웃됩니다.

슈타이너의 육체가 빠르게 사라졌다. 정말 오래간만의 죽음이었다. 죽을 때마다 느끼지만 참 기분이 더러웠다.
그리고 곧이어.

루펠린 왕국군의 부사령관 슈타이너 백작이 사망했습니다.

슈타이너의 사망을 알리는 전체 알림이 루펠린 왕국군과 다모스 왕국군 전체에 전달됐다.

*　　　*　　　*

퍼퍼퍼펑
콰르르릉!
"유성낙하, 뇌정만천."
포가튼 사가에서 슈타이너에 대해 바하무트만큼 잘 아는 존재는 없다. 그것은 반대도 마찬가지였다. 들려오는 파공음과 벽력음을 듣고 유추할 때, 소닉붐의 후반 삼 초식 중 두 개를 연달아 쏟아내는 듯했다. 걱정스러웠다. 저 정도라면 분명 캐릭터 자체에 과부하가 걸리고도 남았을 테니까.

"슈타이너가 내는 소리냐?"

"녀석이 전력을 다해 싸우는 중이다."

라이세크는 소닉붐에 관해 대략적인 것만 알지, 바하무트처럼 세세하게는 모른다. 타마라스라면 알지도 모르겠다. 바하무트를 제외하고 소닉붐의 모든 초식을 본 유일한 장본인이기 때문이다.

파티창으로 보이는 슈타이너의 생명력과 용투력이 거의 바닥을 드러내는 중이다. 그랜드 마스터 두 명과의 싸움은 포션을 복용할 짧은 틈조차 허용치 않고 있었다.

'으음!'

라이세크는 심장이 쪼그라드는 기분을 느꼈다. 슈타이너가 졌다고 당장 퀘스트가 끝나지는 않는다. 그러나 사실상 끝난 거나 다름없다. 꼭 결과를 확인하지 않아도 예상할 수 있는 일이 존재한다.

다모스 왕국군의 부사령관 퍼거슨 후작이 사망했습니다.

"좋아!"

라이세크가 주먹을 움켜쥐고 환호했다. 두 명의 그랜드 마스터 중에서 한 명이 죽었다. 한시름 덜어낼 수 있었다. 남은 한 놈만 더 죽이면 왼쪽 전장의 패배를 반전시키고도 남는다.

바하무트도 내심 안도의 한숨을 내쉬었다. 슈타이너가 강하긴 해도 쉽지 않은 싸움이 되리란 걸 잘 알아서다. 본체로 현신하면 몰라도 인간형으로는 승패가 어떻게 될지 장담하기 어려웠다.

"…저거."

슈타이너가 전투 중인 오른쪽 전장에서 미세한 무언가가 바람에 흩날렸다. 요란했던 폭발음도 들리지 않았다. 거리가 멀어서 용마안을 전개하고 용투기까지 주입하고 나서야 식별할 수 있었다. 미세한 무언가의 정체는 입자단위로 분해된 잔해들이었다.

"천살창혼파."

슈타이너의 오의였다. 폭화 언령술의 오 조합 스킬처럼 강력한 그만의 기술이다. 후유증도 똑같았다. 예전 자신이 폭화멸혼주를 사용하고 제어하지 못했듯이 슈타이너도 저걸 사용하면 살아남을 수 없었다. 온전히 사용하려면 3차 전직을 하고서야 가능할 것이다.

> 다모스 왕국군의 부사령관 하온 백작이 사망했습니다.

"이겼어!"

슈타이너의 승리를 알리는 알림음에 라이세크뿐만 아니라

연합 소속 간부들도 덩달아 신이 났다. 이건 대단한 일이었다. 퀘스트가 끝나는 대로 포가튼 사가 전역에 소문이 퍼질 것이다. 황금의 학살자 슈타이너가 적의 그랜드 마스터 두 명을 동시에 죽였다고.

"바하무트, 됐다. 이겼어. 이길 수 있다!"

바하무트는 라이세크의 음성에 동의하지 못했다. 어떻게 동의할 수 있을까. 뒤이어서 들려올 알림음을 생각하면 기뻐하면 안 된다.

루펠린 왕국군의 부사령관 슈타이너 백작이 사망했습니다.

"헉!"

"이런."

여러 가지 감정을 띤 음성들이 들려왔다. 결과적으로 따지면 아군과 적군의 동사였다. 이겼다면 이긴 거고 진 거라면 진 거였다. 생각하기 나름이다.

"당장 오른쪽 전선으로 병력 투입해서 밀어붙여."

"알겠습니다."

라이세크는 냉철하게 판단했다. 넋 놓고 있다가 슈타이너가 죽으면서까지 만든 기회를 날릴지도 모른다. 정 없어 보일지는 몰라도 이게 최선이다. 그는 기본적인 지시를 내리고서 바하무트의 옆으로 다가갔다.

"미안하다."

확실히 따로 행동했다면 이런 불상사가 생기진 않았을 것이다. 그러나 퀘스트 등급을 지키려면 어쩔 수가 없었다. 바하무트만 해도 다모스 점령전이 SS가 아니라 S였다면 거절했으리라.

"어쩔 수 없지."

캐릭터가 죽는 것은 다반사다. 그냥 기분이 나쁠 뿐이었다.

"이제 남은 건 그레우스 공작과 그랜드 마스터 둘인가?"

"그래. 슈타이너가 두 명을 죽였지만 아주 좋은 상황은 아니다."

제라스 백작과 싸웠던 자는 심한 상처를 입었을 테지만 그래도 라이세크 혼자서 두 명은 무리였다.

"어쩌게?"

"1차전을 끝냈으니 좀 쉬고 2차전 들어가야지."

슈타이너의 목숨 값으로 꺼져가는 불씨를 겨우나마 되살렸다. 이제 그 불씨에 장작을 넣어서 크게 키울 때가 왔다.

12장
요새 침투

가스틴 백작이 루펠린 왕국군의 부사령관 제라스 백작을 죽였을 때까지만 해도 승기는 다모스 왕국군 측으로 기우는 듯했다. 가뜩이나 루펠린 왕국군은 아군보다 그랜드 마스터의 숫자가 부족했다. 그런데 이기기까지 했으니 누구라도 흐름을 탔다고 볼 수밖에.

"흐음……."

그레우스 공작은 조금 전 올라온 보고서를 읽으며 깊은 상념에 잠겼다. 처음 봤을 때부터 슈타이너의 강함을 눈치채고 그에 대한 대비책으로 그랜드 마스터 두 명을 배정시켜 보냈건만 둘 다 죽어버렸다. 결과적으로 상대도 죽었으나 신의 축복을 받았기에 다시 살아날 것이다.

퍼거슨 후작과 하온 백작이 죽었고 가스틴 백작은 오러 홀이 손상되어 요양이 필요했다. 무리한다면 억지로나마 전쟁에 참전은 가능해도 동급의 강자와 붙으면 버티지 못한다.

"공작 각하."

"음? 베키론 백작이로군."

베키론 백작은 이번에 따라온 그랜드 마스터 중에서 가장 젊었으며 그에 비례하여 가장 약한 편이었다. 그래서 전쟁에 참전시키지 않았다. 일단 강력한 축에 속하는 세 명으로 적의 전력을 줄이고 그다음에 출전시켜서 경험을 쌓게 할 생각이었다.

이젠 그것조차 안 되겠지만.

"왼쪽 전장은 가스틴 백작이 있어서 완전히 저희가 장악했습니다. 오른쪽 전장은……."

베키론 백작은 말끝을 흐렸다. 두 명의 그랜드 마스터가 한 사람에게 전사했다는 걸 믿기 어려웠다.

"괜찮네."

"어떻게 하실 생각이십니까?"

"수성이지."

그레우스 공작은 절대 나가서 싸울 생각이 없었다. 이곳에서 수성만 해도 충분했다. 어차피 적군은 이곳을 뚫지 못한다.

양쪽 전장을 밀고 들어와도 정작 중요한 요새를 점령하지 못하면 하나 마나였다. 최대한 버틸 수 있을 만큼 버틴 후에 요새까지 함락될 상황이 오면 그제야 나설 것이다. 시간을 끌수록 불리한 건 루펠린 왕국군이다. 지금 다모스 왕국의 이 왕자파는 왕국 내부를 안정시키는 중이었다.

완벽히 안정시키고 나면 예전처럼 강력한 국가는 아니더라도 오소국 정도의 국력은 보장된다. 루펠린 왕국은 다모스 왕국이 안정되기 전에 점령을 끝내야 한다. 그렇지 않으면 역공을 당해 본전도 못 건진다.

"어차피 적의 울티메이트 마스터는 함부로 움직이지 못하네. 급할 것은 없어."

그레우스 공작은 자신이 남아 있음으로써 바하무트에게 족쇄를 걸었다. 그리되면 남는 건 적의 총사령관 한 명이다. 그 역시 제법 강함에도 가스틴과 베키론 두 백작이라면 상대하고도 남는다.

"알겠습니다. 수성에 전념하도록 하겠습니다."

"그러게. 천천히, 급히 행동하지 말게나."

그레우스 공작은 혹시나 해서 말했다. 말마따나 급한 건 없었다. 천천히 조금씩 시간에 쫓기는 적을 좀먹으면 된다.

*　　　*　　　*

일부 중앙군과 양쪽 전장에 병력을 상주시킨 라이세크는 바하무트와 주둔지로 돌아갔다. 앞으로의 전쟁을 주도할 계획이 필요했다.

요새로 통하는 오른쪽 길은 완벽히 아군의 손아귀에 들어왔다. 그러나 반대쪽은 제라스 백작이 죽음으로 먹혀 버렸다.

"피해 상황은?"

"유저가 75,320명, NPC 병력이 52,338명 사망했습니다."

개전 일주일 만에 대동하고 온 병력의 30%가 사라졌다. 남은 병력은 28만 정도다. 라이세크는 이곳저곳 구멍 난 병력을 보충하려는 목적으로 코어를 통합시켰다. 세부 편제를 다시 조정하고 새롭게 만들었다.

"이곳, 이곳을 뚫어야 한다."

라이세크는 간부들을 소집해서 요새 주변 지도를 통해 작전을 지시했다. 문제는 그리 원활하게 돌아가지는 않는 데 있었다.

"놈들이 완벽한 수성체제로 전환했습니다. 밀고 내려오던 것을 멈추고 그 자리에서 밀리지 않게만 병력을 충원하고 있습니다."

거북이처럼 껍질 속에 숨어서 목을 내밀지 않는 꼴이었다. 제아무리 후려쳐도 소용없었다.

오히려 더욱 목을 움츠러서 방어를 견고하게 다졌다. 나오지 않는 적을 나오게 하려면 직접 치는 수밖에 없는데 그건 너무 위험했다. 잘못하면 돌이킬 수 없는 사태가 벌어진다.

"후!"

라이세크가 머리를 움켜쥐었다. 이렇다 할 아이디어가 떠오르지 않았다. 그렇다고 의미 없는 소모전만 이어나갈 수도 없다. 이제는 단순 소모전을 벗어나서 전장의 흐름을 가져와야 할 차례였다.

"라이세크."

바하무트는 전쟁이니 전략이니 하는 것은 잘 모른다. 그럼에도 현재 적의 병력이 완전한 수성체계로 전환됐다는 정도는 이해했다.

"응?"

"네가 전 병력을 이끌고 왼쪽 전장으로 가라."

"뭐?"

간단하게 생각하기로 했다. 아주 간단하게.

"네가 직접 출전하면 분명 그랜드 마스터 두 명이 너에게 붙는다."

제라스 백작을 죽인 자는 내상을 입었다. 병사들 정도야 쉽게 죽이겠지만 일정 경지를 넘어선 강자를 상대하기에는 몸 상태가 정상이 아닐 것으로 판단된다.

그런데 라이세크가 간다면? 그자는 상부에 지원을 요청할 것이다. 그렇다면 그레우스 공작은 성 내부에 상주하는 그랜드 마스터를 내보내겠지.

"너는?"

"직접 요새 후미로 침투해서 뒤치기 한다."

"무슨 말이냐?"

"말 그대로다. 요새로 침투해서 너한테 몰린 두 명의 그랜드 마스터를 내가 죽인다."

좌중의 시선이 바하무트에게로 쏠렸다. 말도 안 되는 전략이다. 이는 자살 행위였다. 10만 이상이 주둔하는 적의 요새로 직접 침투해서 뒤를 점한다니.

솔직히 일반 병력만 있다면 침투는 물론 바하무트 혼자 전멸시키는 것도 가능하다. 그러나 잊으면 안 된다. 요새 내부에는 그레우스 공작이 버티고 있었다.

"너 미쳤어?"

"다 방법이 있다."

"들어가서 네가 죽으면 퀘스트가 끝난다. 모르겠어?"

라이세크는 재고의 가치도 없다는 듯 거절했다. 이건 완전히 미친 짓이다. 다른 방법을 모색해야 했다. 무슨 수로 그 많은 유저와 병사의 눈을 벗어난단 말인가.

"됐다. 난 그대로 실행할 거다."

"야!"

"걱정하지 마라. 다 생각이 있어. 놈이 안 나오면 나오게 하면 된다."

상대는 꼭꼭 숨어서 한 달이라는 퀘스트 기일까지 버틸 요량이다.

'되겠지.'

사실 바하무트도 가능할지 불가능할지는 해보지 않아서
장담하기가 어려웠다. 그는 그동안 로그아웃을 하며 틈틈이
육체에 새겨진 센스 마법을 없앨 방법을 찾아봤다.

그리고 드디어 한 가지 방법을 찾을 수 있었고 다행히 이건
현재의 그도 사용하는 방법이었다.

"실패하면?"

"내가 본체로 현신하는 한이 있더라도 막아주마."

"천천히. 아직 시간이 있다."

바하무트는 지나치게 움츠리는 그를 이해했지만 그게 끝
이었다. 언제까지 이렇게 영양가 없는 짓만 할 수는 없었다.
무슨 짓을 해도 놈들이 성 밖으로 나오지 않는다면 위험 부담
을 감수해서라도 뚫어야 한다. 라이세크는 한 번에 모든 것을
거는 게 두려워서 피하고 있는 것이다.

'혼자와 단체의 차이인가?'

바하무트는 혼자다. 죽으면 그냥 혼자 죽으면 된다. 반면
에 라이세크는 책임져야 할 식구가 너무나도 많았다. 죽으면
혼자 죽는 게 아니라 공멸이다. 다 같이 죽는다.

'이래서 슈타이너하고 다니는 게 편하다니까.'

단체, 세력 좋다. 있으면 편하겠지. 그렇지만 얻는 게 있다
면 잃는 것도 있게 마련이다. 라이세크는 많은 것을 얻는 대

신 자유를 잃어버렸다. 그건 정말 큰 족쇄였다. 내가, 내가 아니게 되는 것. 내가 내 것이 아닌, 모두의 것이 되는 게 지금 그가 처한 상황이다.

"일주일."

"그, 그건!"

눈치 빠른 라이세크가 그 말을 못 알아들을 리가 없었다. 솔직히 바하무트는 시간을 주는 자체도 마음에 들지 않았다.

시간을 줘도 요새를 함락시키지 못할 것이다. 그럼에도 이렇게 한 것은 일주일 안에 뭔가를 해보라는 게 아니라 일주일 동안 잘 생각해 보라는 뜻이었다.

스윽!

바하무트가 회의장을 말없이 벗어났다. 끝나지도 않은 자리를 벗어나는 것은 예의에 어긋나는 행동이었지만 누구도 그에게 말을 건네지 못했다.

라이세크조차 머리를 부여잡고 고개를 숙이고 있었다. 일주일 안에 요새를 함락하든가 바하무트의 말에 따라서 행동해야 했다.

개전 초기와 비교해 시간이 갈수록 전쟁이 어려워졌다. 제라스 백작이 죽은 직후부터 꼬이기 시작했다.

"슈타이너가 살아 있었다면 이런 걱정 없는데."

슈타이너는 접속 중이었다. 위치로 보건대 절망의 평원 어딘가에서 열심히 사냥 중인 듯했다.

이떤 종류의 퀘스트든 간에 한 번 죽으면 퀘스트 실패로 간주하여 새로 받든가 포기하든가 해야 한다. 파티 형식으로 진행 중이면 동료가 성공하길 빌어야 한다. 지금 다모스 왕국 점령전 퀘스트도 죽으면 자격이 박탈된다. 퀘스트 자체는 남아 있어도 수행 불가다.

이것을 어기고 이곳으로 와서 적을 죽이면 엄청난 페널티가 부과된다. 유저들이 무한정 살아나서 싸운다면 죽지 않는 불사의 군대끼리 부딪치는 꼴이 되므로 복잡해진다. 접속 제한이 있긴 해도 시간만 늦춰질 뿐이지, 현상은 똑같이 일어난다.

그렇기에 운영진들은 혼자 하는 퀘스트가 아닌 파티나 대규모 퀘스트의 경우, 한 번 죽으면 대기와 포기 중에서 선택하게끔 정해 놨다.

"잘 생각해 봐라."

바하무트는 아무도 없는 허공에다 대고 말했다. 미안하기는 해도 이게 가장 확실했다. 라이세크의 위치상 절대 스스로 결정하지 못한다. 이럴 때는 누군가 옆에서 불을 지펴줘야 한다.

그리고 그 불을 바하무트가 지펴줬다.

*　　　*　　　*

"성패 여부가 오늘 결정 나겠구나."

라이세크는 휘하 병력 전체를 동원하여 국경 요새를 포위했다. 그리고는 최정예 유저로 구성된 한 개 코어를 대동하여 직접 전장으로 향했다.

오늘로서 개전 보름째였다. 바하무트가 약속한 일주일은 눈 깜짝할 사이에 지나갔다. 라이세크는 몇 가지 전략을 짜내어 요새를 함락하려고 사력을 다했지만 아무 소용없었다.

그레우스 공작은 철저히 수성 위주로 철통같은 방어에 전념했다. 다모스 왕국 측에서는 바깥으로 나갈 필요가 없었다. 시간이 지날수록 불리한 것은 루펠린 왕국군이기에 가만히 있어도 알아서들 달려들었다.

"하아!"

전쟁 전과 초기 때의 이론적인 전략으로는 이렇게까지 요새 함락이 어려울 줄은 몰랐다. 적의 그랜드 마스터들을 죽이고 요새로 통하는 양쪽 전장을 확보하면 수월할 것으로 예상했는데 이론과 실전은 전혀 달랐다.

그동안 라이세크는 많은 수의 전쟁 퀘스트를 수행했다. 그러나 이처럼 대규모에다가 인간들끼리 싸우는 전쟁은 처음이었다.

아홉 개 국가는 서로마다 적대국과 동맹국이 복잡하게 얽히고설켜 전쟁을 벌인 적이 없었다. 각자 타국의 국력 증강을 막으려고 견제했기 때문이다.

몬스터는 생각이 깊지 않아서 단순 전략으로도 충분했다. 그런데 인간들은 그게 어려웠다. 수성이라는 확고한 목표가 있어서인지 어떤 식으로 도발해도 바깥으로 무리한 병력 운용을 하지 않았다. 바하무트의 말마따나 결판을 내려야 했고, 결국 병력 대부분을 전선에 투입했다.

"오른쪽 전장은?"

"성벽 근처까지는 갔지만 여전합니다."

"대기하라고 해. 적이 쏟아져 나오지 못하게만 견제 식으로."

진짜 전장은 라이세크가 출전할 왼쪽 전장과 이제 바하무트의 미친 짓이 벌어질 요새 내부였다. 라이세크의 시선 너머로 수만이 넘는 다모스 왕국군이 왼쪽으로 통하는 길목을 차단하고 있었다. 저들 중에는 그랜드 마스터가 두 명이나 있었다.

"그랜드 마스터의 이름이 가스틴과 베키론이라고 했던가?"

그나마 다행은 가스틴 백작은 심한 내상을 입은 상태고 베키론 백작은 그랜드 마스터에 올라선 지 얼마 안 된 200레벨이라는 것이다. 부담감이 사라지는 건 아니라도 해볼 만하다는 판단은 내려졌다.

혼자 싸우지는 않는다. 간부들과 합공을 할 생각이라 수월할 수도 있었다. 바하무트가 국경 요새에 침투하기 전에 신호를 줄 것이다.

신호에 따라 양쪽 전장에 대기 중인 모든 아군 병력이 총공격을 개시한다. 그 틈에 요새 내부로 들어가 적의 후방 병력과 전방 병력의 사이를 파고들어 두 명의 그랜드 마스터를 죽인다는 어처구니없는 계획이었다.

아예 후미로 돌아가면 쉽다고 할지도 모른다. 그렇지만 후방에는 적의 대군이 진을 치고 있어서 내부로 숨어드는 게 최선이었다. 완고하게 반대했지만, 바하무트가 가지고 있는 특이한 아이템을 본 후로는 믿기로 했다. 가능성이 아예 없는 작전은 아니었다. 그리고 별다른 방법도 없었다. 이제 보름만 더 지나면 퀘스트가 강제로 실패된다.

남은 시간 안에 무슨 일이 있어도 성공해야 했다.

"칼베인 측의 현재 진행 상황은?"

며칠 전 들어온 보고에 의하면 칼베인 왕국과 다모스 일 왕자파의 전쟁은 이곳보다도 치열하다 했다. 칼베인의 총사령관은 울티메이트 마스터인 NPC로서 모든 명령이 그에게서 나오기 때문에 선택의 여지없이 그대로 따라야 한다고 전해 들었다.

"이쪽보다 좋다면 좋고, 나쁘다면 나쁘다고 볼 수 있습니다."

승기만 보면 칼베인 측이 유리했다. 문제는 두 왕국의 울티메이트 마스터가 동사했다는 것이다. 울티메이트 마스터는 그 나라의 국력을 재는 척도다. 넓어지는 땅덩이를 지키려면 그에 걸맞은 힘이 있어야 한다. 이건 이겨도 이긴 게 아니었다.

칼베인과 다모스 일 왕자파는 애당초 헬렌비아 제국의 예상대로 자국의 울티메이트 마스터를 잃었다.

"울프 로드와 뇌전의 군주는?"

"둘은 아직 건재해서 적을 밀어붙이고 있답니다. 퀘스트는 성공할 것으로 보입니다. 그저 상처뿐인 승리겠지만요."

루펠린과 칼베인이 삼분된 다모스를 온전히 흡수한다면 헬렌비아 제국과 일전을 치를 만한 국력을 얻을 수 있다. 그런데 주축이 되어줄 울티메이트 마스터들이 죄다 죽었으니 이젠 그마저도 애매했다. 헬렌비아 제국에는 아반트 공국까지 있기 때문이다.

"국왕은 좋아하겠군."

루펠린이 이 전쟁에서 승리하면 칼베인보다 배는 강성한 국력을 보유하게 된다. 국토의 넓이는 비슷할지 몰라도 울티메이트 마스터의 숫자가 두 명이나 더 많았다. 루펠린은 세 명이고 칼베인은 한 명이다. 이는 앞으로 나라 간의 발언에 있어 엄청난 차이를 보일 것이다.

"두 왕국이 맺은 조약을 완전히 빗겨갔군."

그야말로 손도 안 대고 코를 푼 격이다. 전쟁에서 둘 다 승리를 했으니 도와줄 필요도 없었다. 칼베인은 전쟁에서 이기고도 국력이 줄어드는 꼴이다.

"어쨌거나 칼베인은 상처뿐이라도 이기긴 이길 거란 소리 겠지?"

"그렇습니다. 알아본 바로 적측에는 그랜드 마스터가 두 명밖에 안 남았지만, 칼베인 쪽에는 랭커 둘을 포함해 한 명 의 NPC가 남아 있다고 합니다."

"확실하군."

대륙십강 랭킹 5위 올프 로드 쿠라이.

그 무식한 놈의 야수화라면 혼자서 그랜드 마스터 두 명과 도 일전을 겨뤄볼 만하다.

"우리 쪽만 잘하면 될 텐데."

지난 보름간의 전쟁으로 이제 남은 병력은 20만도 되지 않 았다. 주둔지에 남은 한 개 코어를 제외한 모든 코어가 전부 출전했다. 전부 19만의 병력이다.

적들도 그것을 느꼈는지 성벽 부근에 병력을 집중적으로 배치하고 10만 대군을 내려 보내 아군의 진로를 막았다.

이제 바하무트가 신호를 보내기만 하면 두 병력을 합쳐 29만 이 충돌한다. 오른쪽 전장은 이미 아군의 손에 넘어가서 곧바 로 성벽을 공격할 수 있다.

왼쪽 전장은 라이세크가 직접 병력을 이끌고 뚫을 것이다. 그 틈에 바하무트가 국경 요새로 침투한다.

[라이세크]

[시작이냐?]

[그래.]

그걸로 바하무트와의 대화가 끝났다. 길게 할 이야기가 아니었다.

"마지막이다! 가자!"

와아아아!

총사령관 라이세크의 명령이 떨어지자 모든 병력이 일시에 달려 나갔다. 그 후로 시작된 건 지독한 난전이었다. 서로 죽이고 이기기 위해 수단과 방법을 가리지 않았다.

콰콰콰쾅!

라이세크가 소울 블레이드를 뿜어내며 전장을 헤집기 시작했다. 그의 스킬 스톰 브링거가 나갈 때마다 수십 명 이상씩 죽어나갔다.

"왔나?"

전방에서 두 명의 기사가 그를 향해 천천히 걸어오고 있었다. 창백한 인상을 지닌 자가 제라스 백작에게 내상을 입은 가스틴 백작이고 꽤 젊어 보이는 자가 베키론 백작이었다.

'절망적이진 않군.'

베키론 백작은 약했다. 그랜드 마스터지만 이긴다고 확실할 정도였다. 가스틴 백작도 내상이 심한지 기운의 흐름이 불안정했다. 강한 그랜드 마스터 한 명과 붙는다는 느낌이 들었다.

"주변의 기사 놈들은 그대들이 책임지도록. 저 둘은 내가 맡지."

두 백작은 수십 명의 기사에게 둘러싸여 있었다. 그들까지 상대할 수는 없으니 간부들에게 맡겨야 했다.

즈아아앙!

라이세크가 오러를 일으켜 두 백작과 맞부딪쳤다. 오늘이 가기 전에 전쟁의 승패가 결정될 것이다.

*　　　*　　　*

파파파팟!

바하무트의 육체가 식별하기 어려울 만큼 빠르게 움직였다. 그런데 평소 보던 그의 모습이 아니었다.

검은색 풀 플레이트 메일과 대검을 착용한 검은 기사.

다크 나이트와 영락없이 판박인 그가 현재의 바하무트였다.

[여기부턴 죽이고 가야겠구나.]

쇠를 긁는 꺼림칙한 소리가 그에게서 흘러나왔다. 바하무트가 주변을 훑었다. 텅 비어 있는 투구 속에서 붉게 빛나는 두 눈동자가 섬뜩함을 가져다줬다.

[이렇게 쓸 줄이야.]

바하무트의 컬렉션 모으기가 빛을 발했다. 그는 고위 언데드인 다크 나이트로 변한 상태였다. 마족 백작 아달델칸을 잡고 나온 어둠의 마검과 어둠의 보호자를 착용하고 마족으로 변신했기 때문이다.

아이디도 바하무트에서 아달델칸의 그림자로 바뀌었다. 변신하게 된 이유는 그리 복잡하지 않았다.

그레우스 공작의 센스 마법에 걸렸던 바하무트는 짬날 때마다 포가튼 플레이포럼에 들어가서 마법을 풀 정보를 찾아봤다. 심지어는 돈을 내고 의뢰했을 정도였다. 그리고 고대하던 방법을 찾아냈다.

먼저 이미 걸렸다면 시전자가 죽거나 마법의 기한이 지나지 않는 한 절대 풀지 못한다. 그러나 마법은 못 풀어도 잠깐 억제하는 방법은 존재했다. 그것은 종족 자체를 변환하여 본질을 바꿔 버리는 방법이었다.

그렇다고 모든 종족이 가능하지는 않았다. 무형의 종족, 즉, 육신이 존재하지 않는 그런 종족이어야 했다.

정보를 올린 유저는 영혼 계열의 종족으로 변환할 수 있다면 마법을 억제할 수 있다고 해줬는데 바하무트에게는 그러한 아이템이 딱 한 가지 있었다. 바로 어둠 세트였다. 착용 시 언데드 마족인 다크 나이트로 변신이 가능했다. 다크 나이트는 갑옷을 제외하면 내부에 육신이 없다.

센스 마법은 상처에 새겨진 것이지, 정신이나 영혼에 새겨진 게 아니라 꼼수를 부릴 수가 있었다. 정보를 입수한 바하무트는 시험 삼아 변신을 했고 귓가로 울리는 알림음에 주먹을 불끈 쥐었다.

> 마족으로 변하여 센스 마법이 억제됩니다.

> 변신이 풀릴 시 마법이 재실행됩니다.

갑자기 기척이 없어져도 그레우스 공작은 의심하지 않을 거다. 유저들은 현실로 돌아가야 하기에 로그아웃해야 한다. 그래서 기척이 사라지면 로그아웃을 했다고 생각할 것이다.

센스 마법이 해결되고 남은 것은 요새 침투였다. 제아무리 바하무트라도 전시체제 상태에서 국경 요새로의 침투는 불가능했다.

이러한 문제점도 어둠 세트가 해결해 줬다.

아달델칸의 그림자.

그는 지금 언데드 몬스터였다. 아이디까지 완벽한 다크 나이트로 변했다. 초당 −20의 생명력이 줄어들었지만, 모기가 피 빨아 먹는 것보다도 적게 닳았다.

바하무트는 들키지 않는 선에서 이동 가능한 거리까지 숨어서 갔다. 이제 성벽까지는 200미터 거리였다.

이곳부터는 주변에 순찰을 다니는 병사들이 많아서 잡고

가야 한다. 그럼에도 걱정하지 않았다. 잠시 몬스터인 척 연기를 하면 되니까.

'기습으로 할까?'

기습은 왠지 의심을 살 것 같다. 어차피 적의 주요 병력은 전부 라이세크에게 발목이 잡혀 있다. 그레우스 공작과 그랜드 마스터가 오지 않는 한 그의 일격을 감당하지 못한다.

'많군.'

어림잡아 수백 이상의 기척이 느껴졌다. 이곳저곳에 흩어져서 경계를 서며 돌아다녔다.

[난리 좀 쳐볼까?]

슈아아악!

써거거걱!

"으아아악"

"뭐야!"

바하무트는 용투사다. 무기를 사용하는 직업이 아닌 만큼 대검을 휘두르는 모습이 부자연스러웠다. 검술이라기보다 그냥 휘둘러서 잘라 버린단 표현이 어울렸다.

[크크크크, 인간 놈들!]

연기하려면 제대로 해야 한다. 어설프게 하는 것은 안 하니만 못하다.

"몬스터다!"

"저거 데스 나이트 같은데 어쩌지? 지원 요청해야 하나?"

바하무트는 데스 나이트보다 상위 등급인 다크 나이트로 변한 상태지만 유저들은 그걸 구분하지 못했다.

[죽어라!]

콰콰콰콰쾅!

폭화 언령술을 사용할 수 없어서 용투기를 미약하게 전개하여 분출하자 붉은색 소울 블레이드가 생성되며 이곳저곳을 사정없이 공격했다.

어느 한 유저가 소울 블레이드를 알아보고 다크 나이트라고 외쳤지만 바로 날아온 바하무트의 대검에 잘려 사망했다. 시간이 갈수록 많은 유저가 몰려들었다. 기껏해야 1차 전직 유저들이라 아무리 몰려들어도 그냥 영양가 없는 경험치 덩어리였다.

퍼퍼퍼펑!

"잡아! 유니크 아이템 준다!"

"내 거야!"

사방에서 공격이 날아와 바하무트의 검은 갑주를 후려쳤다.

[흐흐, 간지럽구나!]

올 유니크로 도배된 그에게 유저들의 공격은 방당 30도 들어오지 않는다. 그냥 별다른 기술 없이 대검만 휘두르는데도 추풍낙엽처럼 쓸려 나갔다. 10분이 지나자 300명의 유저와 병사가 전부 죽었다.

파팟!

모르긴 몰라도 지금쯤이면 성벽 쪽에 고레벨 몬스터가 출몰했다고 알려졌을 것이다.

끄아아아!

걸리는 것들은 가리지 않고 죽였다. 이제부터는 숨을 필요가 없었다. 스킬을 사용할 수 없어서 답답하기는 했다. 광범위를 자랑하는 폭화 언령술이라면 이 지역 전체를 통째로 날려 버렸을 텐데.

[철통 방어군.]

커다란 나무 뒤에 숨어서 성벽을 올려다봤다. 빽빽하게 들어선 유저들과 병사들이 모습을 드러냈다. 쭉 둘러본 결과, 침투에 적합해 보이는 곳에는 어김없이 병력이 배치되어 있었다. 어떤 경로로 들어가도 들키게 하는 교묘한 배치였다. 우선은 틈을 만들어야 했다.

[라이세크.]

[시작이냐?]

[그래.]

효과는 바로 나타났다.

와아아아!

댕댕댕댕!

루펠린 왕국군의 총 병력이 공격을 시작하자 거기에 맞춰 비상에 걸린 요새 전체에 종소리가 울려 퍼졌다.

그러자 일부 지역에 있던 주요 병력이 빠져나갔다. 지금 바하무트가 있는 곳은 요새의 오른쪽 성벽이다. 이곳은 아군이 오기에 어려운 곳이었다. 바하무트라도 인간의 모습이었다면 이곳까지 오지 못했을 것이다.

유저들은 그가 이 요새 부근에 서식하는 언데드 몬스터인 줄 알고 상부에 보고조차 하지 않았다. 종종 주변에서 몬스터가 출몰했기에 보고했다간 욕만 먹을 게 분명했다.

[이때다.]

따아아앙!

측면을 지키던 병력이 사라졌다. 절호의 기회였다.

바하무트가 튼튼하고 탄력 좋은 매직 등급의 창을 성벽으로 던졌다. 근력 수치가 1,000을 넘는 그의 투창이 성벽 깊게 박혀들어 갔다. 그리고는 달려가다가 전력으로 점프했다.

파파파팟!

성벽은 10미터가 넘는 높이라서 점프 한 번으로 오르기는 어려웠다. 바하무트의 몸이 지면에서 멀어지며 중간에 박힌 창대를 밟고 성벽에 안착했다. 올라선 곳이 성벽의 망루 쪽이라 몸을 숨기기에 적합했다. 그는 고개만 빠끔히 내밀어 요새 내부 상황을 파악했다.

'상당하네.'

요새는 제법 컸다. 못해도 25~30만의 병력은 충분히 상주시킬 정도였다. 이 넓은 곳 어딘가에 그레우스 공작이 있을 것이다.

아무래도 총사령관이니만큼 제일 좋은 건물에 있을 가능성이 컸다. 들키지 않으려면 엄폐물이 많은 곳으로 이동하는 게 좋을 것 같았다. 다행히 지키는 병력이 적었다. 19만 루펠린 왕국군이 전부 달려드는 상황이다. 막으려면 많은 수의 병력이 필요했다.

타타타탓!

몸을 숙이고는 튀어나온 성벽 뒤를 가로질렀다. 그러다가 병사들이 보이면 대검을 휘둘러 일격에 즉사시켰다. 경계를 서다 보니 서로 뭉쳐 있었기에 같이 잘려 나갔다. 성벽 위를 가로지른 바하무트가 밑으로 뛰어내려 커다란 건물 사이로 들어갔다.

이제부터 보이는 대로 마구 죽일 것이다. 그렇다고 대놓고 모습을 드러내진 않는다. 예상이지만 루펠린 왕국군을 상대하면서 이곳까지 병력을 투입할 여력은 없을 것이다.

슈슈슈슛!

"으억!"

"악!"

"어떻게 몬스터가!"

유저는 거의 없고 병사들만 보였다. 구석 부분이라 그런지 주요 전력은 전부 전방으로 빠져나간 것 같았다. 그 때문에 경계가 허술했다. 더욱 좋은 것은 상황 판단이 느린 일반

NPC만 모여 있어 적군은 아직도 바하무트를 몬스터로 착각했다.

[이쯤이면 됐다. 빠져나가자.]

이제 바하무트는 대놓고 모습을 드러내 병사들을 학살했다. 계단을 타고 성벽 위로 올라가서 보이는 대로 그냥 쳐 죽였다.

쿵!

그러다가 성벽에서 뛰어내려 뒤도 안 돌아보고 도망쳤다.

"따라가지 마라! 지금은 전쟁이 우선이다!"

"공작님께 보고할까요?"

말단 병사 하나가 상급자에게 말했다.

"이런 전시에 몬스터의 행패를 보고하자고?"

"아, 아닙니다!"

제법 높은 직책은 지닌 NPC가 상부에 보고하려 하는 말단 병사를 보며 눈을 부라렸다. 몬스터 따위를 따라가느라고 전쟁을 소홀히 할 수는 없었다. 이건 정말 치명적인 실수였다.

'좋아.'

뒤를 돌아본 바하무트가 회심의 미소를 지었다. 병력이 따라오지 않았다. 제법 한적한 곳까지 이동하고서 아이템을 교체하고 본래 모습으로 돌아왔다.

"네놈이 심은 덫에 걸려 봐라."

바하무트는 그레우스 공작의 어리석음을 책망하며 뒤치기

를 위해 라이세크가 있는 전장으로 향했다.

*　　　*　　　*

그랜드 마스터들의 소울 블레이드가 부딪치자 굉음과 함께 그들을 중심으로 동그란 충격파가 뻗어 나갔다. 라이세크와 다모스 왕국군의 두 백작이었다. 꽤 힘든 격전을 치르고 있는지 셋 모두 표정이 좋지 않았다.

'이것보다 강한 놈들 두 명과 동시에 싸워서 이겼다고?'

반쯤 맛이 간 놈과 미숙한 놈 하나를 상대하는 데도 힘에 겨웠다. 엄밀히 말하면 밀리고 있었다. 그런데 슈타이너는 260레벨 대의 그랜드 마스터 두 명을 현신도 안 한 채로 이겼다. 간접적으로 그와의 수준 차이를 실감했다.

스톰 브링거 이식 : 스톰 댄싱.

채채채채챙!

라이세크의 검이 춤을 추며 두 백작을 압박했다. 빠르고 날카로운 공격이었지만 치명타를 주진 못했다.

"큭!"

베키론 백작이 앞으로 나서며 스톰 댄싱을 혼자서 받아냈다. 조금 힘에 겨운지 신음을 흘렸지만, 끝까지 버텨냈다. 그가 버텨내는 사이 가스틴 백작이 라이세크에게로 다가갔다.

스킬을 사용하는 중이라서 몸을 빼기 어려웠던 라이세크는 근접한 가스틴 백작의 검을 피하지 못했다.

스아아악!

가슴이 길게 베이며 피가 새어 나왔다. 유니크 갑옷이라도 그랜드 마스터의 소울 블레이드를 막을 수는 없었다. 이게 시작이었다.

공격이 끊기자 베키론 백작까지 반격에 가세했다. 라이세크는 쉴 새 없이 뒤로 밀렸다. 주변의 간부들이 도와주려 해도 끈질기게 따라붙는 기사들 때문에 그조차 어려웠다.

'제길! 한 명이라면 필승인데!'

한 명과 두 명의 차이가 이리 클 줄은 몰랐다. 갑자기 슈타이너 녀석이 괴물로 보였다.

"죽어!"

가스틴 백작의 검이 라이세크의 목을 향해 날아갔다. 막을 수 있는 공격이다. 다음 공격을 막기가 어려워서 그렇지.

"하아아앗!"

베키론 백작은 검을 수평으로 휘둘러 라이세크의 허리를 양분하려 했다.

채챙!

목으로 날아오는 검은 막아냈다. 그러나 허리로 다가오는 검을 막을 여력은 없었다. 절제 절명의 위기였다.

공격을 허용하면 상체와 하체가 분리될 것이다.

"그럴 수는 없지."

꽈아아악!

아슬아슬한 타이밍에 나타난 바하무트가 베키론 백작의 손을 붙잡았다. 그가 발버둥 쳤지만, 근력 수치가 심하게 나서 움직일 수가 없었다.

"바하무트!"

라이세크는 얼굴에 화색이 돌았다. 그가 왔다는 건 적의 성벽을 가로질러 후방을 점했다는 것이다. 그야말로 적의 허점을 찌른, 그 누구도 생각지 못한 어이없는 계획을 보란 듯이 성공했다.

"아아. 겨우 왔다."

"헉! 네, 네놈이 어떻게 이곳에 있지?"

베키론 백작은 바하무트를 보고 기겁했다. 여러 변수에 대비하여 전장 곳곳에 숨은 눈들을 배치했다. 그는 진지에서 빠져나오지 않은 것으로 보고된 상태였다. 그런데 이런 일이 생길 줄이야.

"설명하기 귀찮다. 그냥 죽어."

왼팔로 베키론 백작의 검을 잡은 바하무트의 오른팔이 뜨겁게 불타올랐다.

폭화 언령술 : 이 조합 스킬.

불 화(火), 주먹 권(拳).
화권(火拳) : 불 주먹.

화르르륵!
퍼퍼퍼펑.

"끄어어억!"

300레벨이 넘는 바하무트의 공격을 고작 200레벨의 그랜드 마스터가 무방비 상태로 버티기는 무리였다. 바하무트의 화권이 그의 복부를 무자비하게 후벼 팠다.

갑옷은 이미 녹은 지 오래고 전신을 보호하던 오러도 희미해져 있었다. 혀를 길게 뺀 베키론 백작이 축 늘어졌다.

"마지막."

폭화 언령술 : 삼 조합 스킬.
뜨거울 염(炎), 임금 왕(王), 주먹 권(拳).
염왕권(炎王拳) : 염왕의 주먹.

콰아아앙!

염왕권에 적중당한 흐릿한 오러가 한순간에 깨지며 베키론 백작의 상체가 날아갔다. 미약한 오러로는 폭발의 기운을 감당하지 못한다.

다모스 왕국군의 부사령관 베키론 백작이 사망했습니다.

"으으으으……."

가스틴 백작은 검도 들지 못하고 공포에 질렸다. 눈앞에서 베키론 백작이 일격에 터져 죽었다. 루펠린 왕국군의 울티메이트 마스터가 분명했다. 그레우스 공작에게 들었던 인상착의와 비슷했다.

"으아아악!"

어째서 그가 이곳에 있는지는 모르지만, 베키론 백작처럼 허무하게 죽고 싶지 않았다.

쩌엉!

소울 블레이드를 머금은 그의 검이 바하무트를 후려쳤다. 그러나 어마어마한 반탄력에 뒤로 밀려났다.

"꽃 좋아해?"

폭화 언령술 : 삼 조합 스킬.
터질 폭(爆), 연꽃 련(蓮), 불 화(火).
폭련화(爆蓮火) : 터지는 연꽃의 불꽃.

붉게 타오르는 폭련화가 피며 바하무트와 가스틴 백작을 집어삼켰다. 그리고는 꽃잎이 하나씩 폭발했다.

콰콰콰콰콰쾅!

"끄아아악!"

건재한 상태라도 폭련화에 적중당한다면 중상을 입을 텐데 내상이 심한 상태에서 맞으니 버틸 리가 없었다. 수십 개의 꽃잎이 사라지고 나타난 자리에는 시커먼 재로 변한 가스틴 백작의 흔적만이 남았다.

다모스 왕국군의 부사령관 가스틴 백작이 사망했습니다.

"거봐, 내가 될 거라고 했지?"

"하… 하하하하하!"

뭐가 어떻게 된 건지 몰라도 적의 그랜드 마스터 두 명이 죽었다는 것만큼은 확실했다. 이걸로 남은 존재는 그레우스 공작뿐이다.

"정말 성공할 줄을 몰랐다."

"나도 몰랐어."

라이세크와 같이 움직였다면 적의 감시망에 걸렸을 것이다. 성벽을 가로질러 후미를 점할 줄 누가 상상이나 했겠는가.

"좋아! 밀어붙여!"

와아아아!

전쟁의 승기가 루펠린 왕국군 측으로 기울었다.

그것도 아주 심하게.

*　　　*　　　*

"이럴 수가."

그레우스 공작은 조금 전 전령을 통해 보고받은 내용을 보며 한탄했다. 무슨 수를 썼는지는 몰라도 후미에서 나타난 바하무트가 두 백작을 죽였다. 사람의 감각을 극대화시키는 기초 마법 센스를 그의 상처 내부에 새겨 넣었다. 겉면에 새기려 해도 항마력 때문에 불가능했다.

마법의 효과로 바하무트가 반경 500미터 내로 들어오면 그의 기운을 느낄 수 있었다. 일단 적용되면 기간 내에는 풀지 못하며 설사 축복받은 자들이 즐겨 입는 망토로도 감시를 벗어날 수 없다. 바하무트의 기운이 사라졌을 때는 그들이 본래의 세계로 돌아간 줄 알았다.

그런데 얼마 지나지 않아 센스 마법이 다시금 활성화됐고 그의 존재를 감지하는 순간 상황은 이미 종결됐다.

"자세히 설명하라."

"그게……"

전령은 확실치 않아서 얼버무렸지만 대충 내용은 이랬다. 검은색의 언데드 계열 몬스터가 성 내부로 침입하여 유저들과 병사들을 보이는 대로 학살하고 성 밑으로 떨어져 도망쳤다는 것이다.

"허! 축복받은 자들은 기이한 아티팩트를 많이 지녔다는 소리를 들었는데 그 정도일 줄이야."

그는 몬스터가 바하무트라고 확신했다. 그렇지 않고서는 지금의 난감함을 설명할 길이 없었다. 육체의 구성 자체가 바뀌면 센스 마법이 무력화된다는 것은 그레우스 공작도 몰랐던 사실이다.

그가 요새의 측면을 관통하지 않고 완전히 돌아서 갔다면 왼쪽 전장의 후미에서 대기하던 두 개 코어 급 병력에게 발각당해 눈치챘을 것이다. 교묘하게 틈 사이를 파고들어 수를 썼다. 대단하다는 말밖에 나오지 않았다.

"공작 각하……."

"어쩔 수 없지."

당장에라도 루펠린 왕국의 대군이 총공격을 가해올 것이다. 바하무트와 적의 총사령관이 합공을 하면 이길 자신이 없었다.

"모든 병력을 소집하라."

"예?"

"내가 직접 전장으로 향한다."

"알겠습니다!"

수성만이 능사는 아니었던 걸까? 지키기만 하면 된다고 생각했는데 안일했던 마음가짐이 치명적인 요인이 돼버렸다. 이제 전쟁에서 승리하려면 자신이 바하무트를 이겨야 했다.

힘들겠지만 별다른 방법이 없었다. 마지막까지 할 수 있는 일은 해봐야 하지 않겠는가.

"본국이 이렇게 끝나는구나."

한 때는 삼대강국의 한 곳이라 불렸던 다모스 왕국이 갈기갈기 찢으리라고는 상상도 못했다. 듣기로는 일 왕자파도 그리 좋은 상황은 아니란다. 그쪽과 이쪽이 패한다면 이젠 다모스라는 나라는 지도상에서 사라질 것이다.

"그래, 운명이라면."

적을 맞이하러 갈 시간이 다가왔다.

*   *   *

3미터의 육체를 가득 덮는 화려한 은빛 털이 빳빳하게 서며 흉포한 살기를 사방으로 내뿜었다. 단검처럼 날카롭고 기다란 손발톱이 서로 부딪히며 쇠 긁는 소리가 청각을 자극한다.

으르르릉!

보기만 해도 섬뜩한 새하얀 이빨이 모습을 드러내자 원초적 공포를 자극하며 기가 죽었다.

그의 이름은 쿠라이.

포가튼 사가 대륙십강 랭킹 5위의 울프 로드였다.

"찢어발겨 주마!"

라이칸 슬로프의 본체로 돌아간 쿠라이가 전방에 보이는 두 명의 그랜드 마스터를 보며 포효했다. 특수종족 중에서 본체 기준의 동레벨로 따질 때 용족을 제외하고 가장 능력치가 높은 종족이다.

콰쾅!

쿠라이가 제 몸을 돌보지 않고 미친 듯이 달려들었다. 검과 손톱이 대기를 휘저으며 생성된 날카로운 오러가 주변을 난도질했다.

아우우우!

쿠라이에게서 터진 하울링이 두 그랜드 마스터의 뇌리를 관통해 그들은 잠시 혼란 상태로 만들었다. 용족의 용마후와 같은 라이칸 슬로프만의 패시브 스킬이다.

"크하하하!"

퍼어어억!

쿠라이는 무방비 상태의 틈을 놓치지 않고 손톱을 내질렀다. 대지에 다섯 줄기의 흉터가 긁히며 그랜드 마스터의 육체가 다섯 쪽으로 쪼개졌다.

"이놈! 미개한 라이칸 슬로프 따위가!"

푸푸푸푹!

남은 그랜드 마스터는 쿠라이의 널찍한 등판을 향해 무자비한 공격을 가했다. 피가 튀며 은빛 털을 물들였고 그의 생명력이 계속해서 줄었다.

"미개한 라이칸 슬로프? 이 새끼가!"

콰지지직!

"헉! 놔라! 끄아아악!"

쿠라이가 그랜드 마스터를 껴안고는 그의 목덜미를 물어 뜯었다. 순식간에 목이 너덜너덜해지며 그가 들고 있던 검을 떨어뜨렸다.

털썩!

쿠라이가 그랜드 마스터를 손으로 붙잡아 내리 꽂았다. 그걸로 승부를 갈라졌다.

츠츠츠츠!

전신에 새겨졌던 상처로 급속도로 아물었다. 특수종족은 저마다 하나씩의 장기를 보유한다. 라이칸 슬로프는 그중 재생력이 으뜸이었다.

"제길! 죽을 뻔했네!"

인간으로 돌아온 쿠라이가 바닥에 주저앉았다. 생명력과 마력이 간당간당했다. 잘못했으면 골로 갔을 것이다.

"장하다! 장해!"

쿠라이는 자신의 어깨에서 들려오는 소리에 고개를 돌렸다. 그곳에는 사람의 팔뚝만 한 크기의 자그마한 요정이 웹 서핑을 즐기고 있었다. 그녀는 쿠라이와 같은 대륙십강의 일인이다.

랭킹 9위 뇌전의 군주 스라웬.

뇌전 계열 마법을 주로 익힌 페어리족의 원소술사였다.

"진짜 한 놈은 별거 아닌데 두 놈 되니까 장난 아니다. 아슬아슬했어."

"그래?"

"헤르비아 쪽은 뭐 좀 올라온 거 있어?"

파르르르!

스라웬이 투명한 날개를 흔들며 쿠라이의 앞에 정리한 자료를 내밀었다. 대충 대여섯 줄 분량이다.

"내가 너 읽기 편하라고 간단하게 압축해 놨어. 읽어봐."

루펠린 현재 상황.

루펠린 측 그랜드 마스터 제라스 백작 사망.

루펠린 측 랭킹 3위 황금의 학살자 슈타이너 사망.

다모스 이 왕자파 현재 상황.

다모스 측 그랜드 마스터 가스틴, 베키론, 하온 백작 사망.

다모스 측 그랜드 마스터 퍼거슨 후작 사망.

"크크크큭! 슈타이너 새끼! 꼴좋다! 잘난 척은 혼자 다하더니!"

"계속 읽어, 무뇌아야. 단순히 죽은 것만 조사했고 나머지가 진짜야."

쿠라이가 슈타이너를 비웃사 스라웬이 그를 헐뜯으며 계속 읽을 것을 강요했다.

루펠린 측 제라스 백작이 다모스 측 가스틴 백작과의 전투 중 사망.

루펠린 측 슈타이너 백작이 다모스 측 하온 백작, 퍼거슨 후작과의 전투 중 동사.

루펠린 측 바하무트 백작이 다모스 측 가스틴, 베키론 백작 살해.

"바하무트 놈은 괴물이니 그렇다치고, 슈타이너 이 새끼, 랭킹 3위 용족 유저가 이대 일을 져? 나도 이겼는데?"

"아아……."

스라웬이 머리를 부여잡고 마구 쥐어뜯었다. 쿠라이의 무식함은 진작 알았지만 알아도 알아도 끝이 없었다.

"슈타이너 용족이지?"

"응."

"너 용족이 인간끼리 전쟁에서 본체로 현신하면 어찌 되는지 몰라서 그래?"

"어? 어, 어?!"

그제야 쿠라이는 슈타이너가 어떤 상황에서 그랜드 마스터 둘을 이겼는지 실감했다.

"말도 안 돼! 지금 슈타이너 놈이 인간 상태로 둘을 이겼다는 거냐? 본체 말고 인간? 지금 장난하는 거지? 그렇지?"

쿠라이는 믿기지 않는지 애꿎은 스라웬을 붙잡고 앞뒤로 흔들었다. 인간 상태면 일반 유저 능력치의 80%에 해당한다. 겨우 그 능력치 가지고 그랜드 마스터 둘을 죽였다고?

"나한테 말하면 답이 나와? 왜 나한테 그래?"

"미, 미안……."

스라웬은 옷을 툭툭 털면서 말했다.

"너 레벨 몇이야?"

"아까 그놈들 잡고 277레벨 찍었어."

"바하무트가 3차 전직을 한 게 사실이라면 모르긴 몰라도 슈타이너는 290레벨을 넘었을 거다."

이번 헤르비아 왕국은 자국의 울티메이트 마스터를 데려가지 않았다. 쿠라이와 스라웬도 자신들끼리 해보려고 자격의 증명을 겪었다.

"자격의 증명에서 우리는 일격에 떨어졌어. 바하무트는 그걸 통과했고."

3차 전직은 유저의 한계를 초월하게 만드는 장벽이다. 적어도 스라웬이 느끼기에는 그랬다. 그런 괴물이 옆에서 사냥을 도와주면 전직 퀘스트는 몰라도 단순 레벨업은 빠르게 진행될 것이다.

"좁혀졌다고 생각했는데!"

과거 쿠라이는 슈타이너와의 일대일 대결에서 패배했다. 랭킹 하나 차이는 무의미하다는 생각으로 싸웠는데 그렇지가 않았다.

그 때문에 때가 되면 패배를 설욕하겠다는 마음을 품었다. 그러나 시간이 흐른 지금, 서로 간의 격차가 더더욱 벌어져 있었다.

"어쨌거나 칼베인은 울티메이트 마스터를 잃었고 루펠린은 바하무트까지 세 명이다. 아마… 발언권이 많이 약해질 걸?"

"바하무트가 질 수도 있잖아."

"아 진짜! 바하무트는 유저잖아!"

"아하!"

퀘스트 실패로 국력이 줄어들겠지만, 울티메이트 마스터의 숫자가 주는 건 아니다. 일어설 기회는 무궁무진했다.

"이제 헤르비아도 막바지야."

"그 녀석들이 이기는 게 좋아, 지는 게 좋아?"

"글쎄? 아무래도 이기는 게 좋겠지?"

퀘스트가 복잡하게 돌아간다. 칼베인은 이겼어도 이긴 게 아니다. 헤르비아마저 진다면 정작 도움이 필요한 순간 손가락만 빨 상황이 닥칠 수도 있었다. 그렇기에 지는 것보다는 이기는 게 좋다.

"어쨌거나 돌아가자. 헤르비아는 헤르비아고, 우리는 우리

일을 해야지?"

"그래! 가자!"

쿠라이가 씩씩하게 일어나서 먼저 걸어갔다. 그에 스라웬이 싸늘한 눈빛을 발산하며 쿠라이를 불렀다.

"야."

"거기서 뭐해? 가자며?"

"너 뭐 잊은 거 없니?"

"무슨 말?"

쿠라이는 스라웬의 말을 이해하지 못하고 고개를 갸웃거렸다.

"이거 안 줍니?"

스라웬이 손가락으로 바닥에 떨어져 있는 유니크 아이템 두 개와 레어 아이템들을 가리켰다.

"아하! 아이템!"

"이 화상아! 요번 말에 이사하기로 한 거 잊었어? 이게 얼마인데 그냥 가려고 해?"

"으아아악!"

콰콰콰쾅!

스라웬이 뇌전 마법을 마구 사용했다. 쿠라이는 반항조차 못하고 도망 다녔다. 생명력이 적어서 제대로 맞으면 사망이다.

"나 없으면 대체 어떻게 하려고 그래!"

"매일 붙어 다니잖아!"

"장난해!"

"자기야! 살려줘!"

"닥쳐!"

그랬다. 둘은 게임 상에서는 수많은 유저에 불과하지만 현실에서는 가정을 꾸리고 사는 부부였다.

*　　　*　　　*

서울 노른자 위에 위치한 100평대 아파트.

이곳은 수십억 대를 넘어서는 가격을 자랑한다. 당연히 돈 좀 있다고 자부하는 사람들이 모여 산다.

"아, 내가 끝까지 함께했어야 하는 건데."

전상훈은 포가튼 사가 전용 캡슐을 바라보며 한숨을 내쉬었다. 그랜드 마스터 두 명을 죽였지만 결국에는 같이 죽었다.

"그나마 형이 두 명을 죽여서 다행이다."

현실의 전상훈과 가상의 슈타이너는 동일 인물이다. 포가튼 플레이 포럼에 올라온 정보에 따르면 바하무트가 다모스 측의 그랜드 마스터 둘을 죽였단다. 죽인 방법에 관해서는 알려지지 않았다.

물론 전상훈은 알고 있었다.

철컥!

따리리리!

"어? 상희인가?"

전상희는 그의 하나밖에 없는 여동생이다. 정말 눈에 넣어
도 안 아플 정도로 예뻤다.

"상희 왔어?"

'오빠가 웬일이야? 이 시간에 나와 있고?'

그녀는 수화로 대답했다. 파마로 웨이브 진 머리카락에 깨
끗한 흰 피부를 지닌 미인이었다.

"울 동생 보려고 나왔지."

전상훈이 전상희의 머리를 쓰다듬고 볼을 꼬집었다. 그녀
는 싫지 않은지 거부하지 않았다.

"누구?"

'내 친구들.'

전상희가 친구들에게 눈짓하자 친구들이 전상훈을 보며
인사했다.

"안녕하세요! 말씀 많이 들었어요!"

"재미있게 놀다 가요. 자주자주 놀러 오고요."

간단한 인사치례를 하고 전상희는 친구들과 자신의 방으
로 들어갔다. 친구들은 방까지 가는 내내 집을 구경하기 바빴
다.

"와! 이게 몇 평이야!"

"내가 골든 하우스에 들어와 보고. 친구 덕 보네!"

전상훈은 자신이 마련한 집에 대해 칭찬하자 내심 뿌듯해하며 옷을 갈아입었다. 친구들이 편하게 놀 수 있도록 자리를 비켜주기 위함이다.

똑똑!

"상희야."

끼익!

전상훈이 방문을 두들기자 전상희가 빼꼼히 고개를 내밀었다.

"친구들하고 맛있는 거 사 먹어라."

그가 지갑에서 5만원 지폐 10장을 꺼내 전상희의 손에 쥐어줬다. 그녀를 포함해 친구의 숫자는 고작 4명으로 사람 수에 비해 지나치게 많은 금액이다.

'오빠, 괜찮아. 저번에 준 것도 있는걸.'

"오빠가 주면 받아야지!"

'고마워, 오빠. 항상.'

전상훈은 현관 쪽으로 나가며 전상희에게 손을 흔들었다.

그녀도 흔들어줬다. 방에서 친구들이 오빠가 잘생겼다, 돈도 잘 벌고 멋있다 등등 하는 말이 들려왔다.

'우리 상희 기죽이면 안 되지.'

전상희가 처음부터 말을 못하는 건 아니었다. 그녀는 후천적으로 생겨나는 일종의 정신병인 실어증에 걸려 있었다.

금방 회복될 줄 알았다. 그런데 그게 벌써 1년 이상 지속 중이다.

원인은 포가튼 사가.

그 안에서 겪은 끔찍한 일들이 가상을 넘어 현실에까지 영향을 미쳐 지금의 상황을 만들어냈다.

"우리 상희 오빠랑 포가튼 사가 할래?"

"캡슐 사주는 거야?"

"당연하지. 오빠가 그 정도는 벌어."

"크윽!"

과거의 기억이 그의 머릿속을 뒤죽박죽으로 헝클어뜨렸다. 생각하면 생각할수록 화가 치밀었다.

"타마라스… 이 개새끼……."

전부 그 새끼 때문에다. 소중한 동생이 실어증에 걸린 이유는 전부 그에게서 비롯됐다.

"내가 꼭 대가를 치르게 해주겠다."

유저로서는 최초로 공국을 세워 공왕이 됐다. 세력적인 측면에서는 그 누구도 뒤따르지 못한단다. 자체적으로 사병을 양성할 수 있고 자신의 공국 내에서는 내키는 대로 작위를 내릴 수도 있다.

"반드시."

라이세크에게 들었다. 타마라스가 공국을 세우고 헬렌비아 왕국으로 망명한 게 자신들을 죽이기 위해서라고. 환영하는 바이다.

알아서 덤벼주면 더할 나위 없다. 도망치지 않고 정면에서 박살 낸다. 둘 중 하나가 포기하기 전에는 끝나지 않을 것이다. 그리고 전상훈, 슈타이너는 포기할 생각이 없었다.

『폭룡왕 바하무트』 3권에 계속…

용병귀환

유왕 판타지 장편 소설

수십 년 전, 용병왕의 등장으로 생겨난
왕국과 용병의 세계.
평소엔 한없이 가볍지만 화나면 누구보다 무서운,
놀고먹고 싶은 그가 돌아왔다!

하지만 바람과는 달리 과거 그의 앙숙과 대륙의 판도는
도저히 그를 놓아주질 않는데……

"용병은 그냥, 돈 받고 칼을 빌려주는 놈들이니까."

그의 용병 철학은 단순했다.

"물론, 누구에게 빌려주느냐가 문제겠지?"

도시의 주인

말리브 장편 소설
FUSION FANTASTIC STORY

말리브 작가의 신작 현대 판타지!

죽기 위해 오른 히말라야.
그러나, 죽음의 끝에 기연을 만나다!

『도시의 주인』

다시 한 번 주어진 운명.
이제까지의 과거는 없다!

소중한 이를 위해! 정의를 외친다!

Book Publishing CHUNGEORAM

유행이 아닌 자유추구 -
WWW.chungeoram.com